Textbook課本

2nd Edition

繁體版

輕鬆學漢語 少兒版

CHINESE MADE EASY FOR KIDS

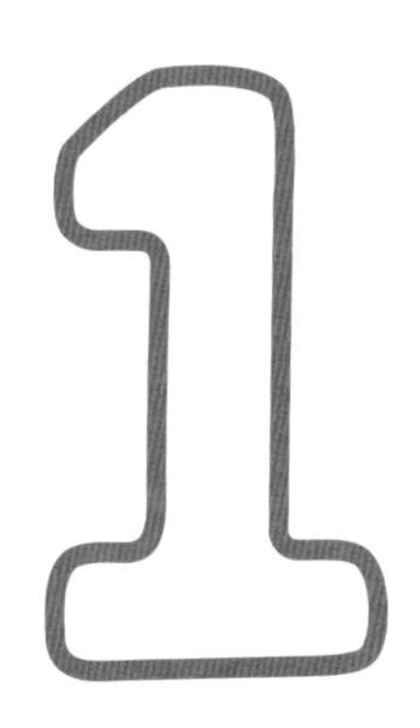

Joint Publishing (H.K.) Co., Ltd.
三聯書店（香港）有限公司

Yamin Ma

Chinese Made Easy for Kids (Textbook 1) (Traditional Character Version)

Yamin Ma

Editor	Hu Anyu, Li Yuezhan
Art design	Arthur Y. Wang, Yamin Ma
Cover design	Arthur Y. Wang, Zhong Wenjun
Graphic design	Zhong Wenjun
Typeset	Sun Suling

Published by
JOINT PUBLISHING (H.K.) CO., LTD.
20/F., North Point Industrial Building,
499 King's Road, North Point, Hong Kong

Distributed by
SUP PUBLISHING LOGISTICS (H.K.) LTD.
16/F., 220-248 Texaco Road, Tsuen Wan, N.T., Hong Kong

First published July 2005
Second edition, first impression, March 2015
Second edition, seventh impression, November 2023

E-mail:publish@jointpublishing.com

輕鬆學漢語　少兒版（課本一）（繁體版）

編　　著	馬亞敏
責任編輯	胡安宇　李玥展
美術策劃	王　宇　馬亞敏
封面設計	王　宇　鍾文君
版式設計	鍾文君
排　　版	孫素玲
出　　版	三聯書店（香港）有限公司 香港北角英皇道 499 號北角工業大廈 20 樓
發　　行	香港聯合書刊物流有限公司 香港新界荃灣德士古道 220-248 號 16 樓
印　　刷	中華商務彩色印刷有限公司 香港新界大埔汀麗路 36 號 14 字樓
版　　次	2005 年 7 月香港第一版第一次印刷 2015 年 3 月香港第二版第一次印刷 2023 年 11 月香港第二版第七次印刷
規　　格	大 16 開（210 × 260mm）128 面
國際書號	ISBN 978-962-04-3687-1

簡介

- 《輕鬆學漢語》少兒版系列（第二版）是一套專門為漢語作為第二語言／外語學習者編寫的國際漢語教材，主要適合小學生使用。
- 本套教材旨在從小培養學生對漢語學習的興趣，幫助學生奠定扎實的漢語基礎，培養學生的漢語交際能力。
- 《輕鬆學漢語》少兒版共有四冊，每冊都有課本、練習冊、補充練習、讀物、教師用書、字卡、圖卡、掛圖和電子教學資源。
- 本套教材為學習給中學生和大學生編寫的《輕鬆學漢語》（一至七冊）奠定了基礎。

課程設計

教材內容

- 課本通過課文、根據課文編寫的韻律詩、多種形式的練習、有趣的課堂遊戲培養學生的語言交際能力，使學生在輕鬆的氛圍中學習漢語。
- 練習冊中有漢字描紅、抄寫漢字、讀句子、讀短文等練習，重點培養學生的漢字書寫和閱讀理解能力。
- 補充練習可以根據教學需要配合練習冊使用。其中的題目也可以用作單元測驗。
- 教師用書為教師提供了具體的教學建議，以及課本、練習冊和補充練習的答案。

INTRODUCTION

- The second edition of *Chinese Made Easy for Kids* is written for primary school children who are learning Chinese as a foreign/second language.
- The primary goal of the series is to help beginners build a solid foundation of Chinese and cultivate interest in learning Chinese. The series is designed to emphasize the development of communication skills from an early age.
- *Chinese Made Easy for Kids* is composed of 4 textbooks (Books 1-4), and each accompanied by a workbook. This series is supplemented by Worksheets, Readers, Teacher's book, word cards, picture cards, posters and digital resources.
- This series has been written to provide a foundation for the subsequent use of *Chinese Made Easy* (Books 1-7), that is written for secondary and university students.

DESIGN OF THE SERIES

The content of this series

- The Textbook aims to develop communication skills through audio exercises, conversations, questions and answers, speaking practice and etc. In order to reinforce and consolidate new vocabulary and sentences, the games in the Textbook are designed to create a fun learning environment. The accompanying rhymes mainly consist of the new vocabulary in each lesson to aid language acquisition.
- In order to build a solid foundation for character writing, tracing and copying characters exercises are included in the Workbook. Exercises such as reading phrases, sentences and short paragraphs aim to develop children's reading comprehension skills.
- In order to supplement the exercises in the Workbook, more exercises in the Worksheets are provided. These exercises can be rearranged to make unit tests when needed.
- Answers to the exercises in the Textbook, Workbook and Worksheets along with suggestions for teaching and learning are provided in the Teacher's book.

教材特色

- 考慮到社會的發展、漢語學習者的需求以及教學方法的變化，第二版對 2005 年出版的第一版《輕鬆學漢語》少兒版作了更新和優化。
  - o 吸收了一些新詞匯。
  - o 當介紹一個新字時，只提供適合該課的解釋。
  - o 為了方便學生課後温習，這次改版為生詞配了錄音。
  - o 重複使用學過的詞語，讓韻律詩更簡單順口。
  - o 為了幫助學生更好地掌握漢語數字，增加了數字練習。
  - o 基於少兒有自然語言習得的特點，量詞又是漢語學習中的難點，所以這次改版增加了量詞練習。
  - o 為了使學生能更多地接觸漢字，更順暢地完成練習，在很多圖片旁都標註了漢字。
- 語音、漢字、詞匯、語法教學都遵循了漢語的內在規律和少兒的學習規律。
  - o 學生從一開始就接觸語音和聲調。通過不斷練習，幫助學生最終掌握標準的語音和語調。
  - o 根據漢字本身的結構來教漢字。在掌握了偏旁部首和簡單漢字後，學生就有能力分析遇到的生字，也能更有效地記住漢字。
  - o 所選的詞匯都是學生日常生活中常用的。為了鞏固和加强學生對詞語的掌握，學過的詞語會在以後的書中複現。
  - o 語法不作單獨的解釋。通過在具體的情景和有趣的練習中不斷接觸語法，學生會自然地悟出規律。

The characteristics of the series

- Since the 1st edition of *Chinese Made Easy for Kids* was published in 2005, the 2nd edition has evolved to take into account social development needs, learning needs and advances in foreign language teaching methodology.
  - o New vocabulary and expressions were included.
  - o When a new word was introduced, only one meaning was given.
  - o In order to help children review new vocabulary after school, audio recording was provided.
  - o Simple and previously learned vocabulary was used to make the rhymes easier.
  - o More exercises on Chinese numbers were added, in order to help children say numbers in Chinese more automatically and fluidly.
  - o Measure word exercises were added, as measure words are challenging to learn and children at young age can acquire them in a natural way.
  - o In order to provide more exposure to Chinese characters and help children perform tasks more smoothly, Chinese characters were given alongside the pictures.
- The teaching of pronunciation, characters, vocabulary and grammar respects the unique Chinese language system and the way Chinese is learned.
  - o Children will be exposed to the phonetic symbols and tones from the very beginning. Generally, it is found that children will overcome temporary confusion within a short period of time, and will eventually acquire good pronunciation and intonation of Chinese with on-going reinforcement of pinyin practice.
  - o Chinese characters are taught according to the character formation system. Once the children have a good grasp of radicals and simple characters, they will be able to analyze most of the compound characters they encounter, and to memorize new characters in a logical way.
  - o Children at this age tend to learn vocabulary related to their environment. The vocabulary in previous books is repeated in later books to consolidate and reinforce memory.
  - o Grammar and sentence structures are not explained in any forms, rather children arrive at grammar rules through consistent and interesting exercises provided throughout the books.

課堂教學建議

- 如果每天有一節漢語課，一冊書能在一年之內學完。教師可以根據學生的漢語水平和學習能力靈活安排教學進度。

- 在使用本套教材時，建議教師：
  - o 帶領學生做語音練習，鼓勵學生大聲讀出生詞。
  - o 一筆一劃地演示漢字的寫法，指導學生分析每個漢字的結構，鼓勵他們發揮想象記憶漢字。
  - o 課上要儘量為學生提供聽力和會話練習的機會。
  - o 佈置練習和活動時可以根據學生的能力和水平作適當的調整，增加難度或者重複使用。練習冊中的練習可以在課堂中使用，也可以讓學生在家裏做。
  - o 鼓勵學生背誦第三、四冊課本中的乘法口訣表。

- 在使用本套教材時，學生應該：
  - o 反覆聆聽課文和生詞的錄音。
  - o 就課本中的課文插圖做對話練習或復述課文。
  - o 朗讀並背誦每課的韻律詩。
  - o 做生字的描紅練習，記住偏旁部首和簡單漢字。

馬亞敏

2014 年 8 月於香港

HOW TO USE THIS SERIES

- With one lesson daily, able and highly motivated children can complete one book within one academic year. Ultimately, the pace of teaching depends on the children's level and ability. Here are a few suggestions from the author.

- The teachers should:
  - o Go over the phonetic exercises in the textbook with the children. At a later stage, the children should be encouraged to pronounce new pinyin on their own.
  - o Demonstrate the stroke order of each character to beginners. The teacher should guide the children in analyzing new characters and encourage them to use their imagination to aid memorization.
  - o Provide every opportunity for the children to develop their listening and speaking skills.
  - o Modify, recycle or extend the games and some exercises according to the children's levels. A wide variety of exercises in the workbook can be used for both class work and homework.
  - o Encourage children to recite times table in Books 3 and 4 of this series.

- The children are expected to:
  - o Listen to the recording of the text and new words.
  - o Make a conversation or retell the story by looking at the pictures in each text.
  - o Read and recite the rhyme in each lesson.
  - o Trace the new characters in each lesson and memorize radicals and simple characters.

Yamin Ma

August 2014, Hong Kong

Author's acknowledgements

The author is grateful to all the following people who have helped to bring the books to publication:

- 侯明女士 who trusted my ability and expertise in the field of Chinese language teaching and learning, and offered support during the period of publication.
- Editors, 李玥展、胡安宇， graphic designers, 鍾文君、孫素玲 for their meticulous work. I am greatly indebted to them.
- Art consultants, Arthur Y. Wang and Annie Wang, whose guidance, creativity and insight have made the books beautiful and attractive. Artists, 陸穎、萬瓊、龔華偉、于霆、張樂民、吳蓉蓉 , Arthur Y. Wang and Annie Wang for their artistic ability in the illustrations.
- Ms. Xinying Li who gave valuable suggestions in the design of this series, contributed exercises and rhymes and proofread the manuscripts. I am grateful for her encouragement and support for my work.
- Ms. Xinying Li, 胡廉軻、馬繪淋、鍾心悅 who recorded the voice tracks that accompany this series.
- Finally, members of my family who have always supported and encouraged me to pursue my research and work on these books. Without their continual and generous support, I would not have had the energy and time to accomplish this project.

CONTENTS

相關教學資源 Related Teaching Resources

歡迎瀏覽網址或掃描二維碼瞭解《輕鬆學漢語》《輕鬆學漢語（少兒版）》電子課本。

For more details about e-textbook of *Chinese Made Easy, Chinese Made Easy for Kids*, please visit the website or scan the QR code below.
http://www.jpchinese.org/ebook

1

yī
一

èr
二

sān
三

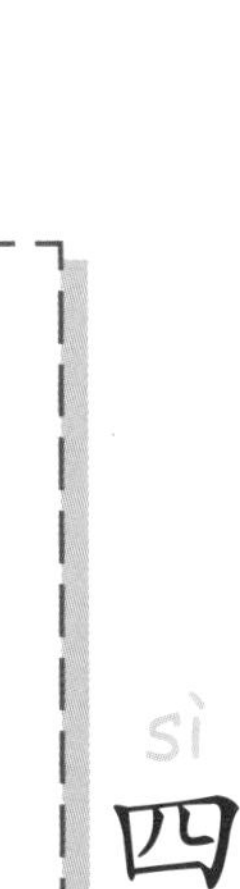

4

sì
四

wǔ

五

New words:

2

1. 一 (yī) one
2. 二 (èr) two
3. 三 (sān) three
4. 四 (sì) four
5. 五 (wǔ) five

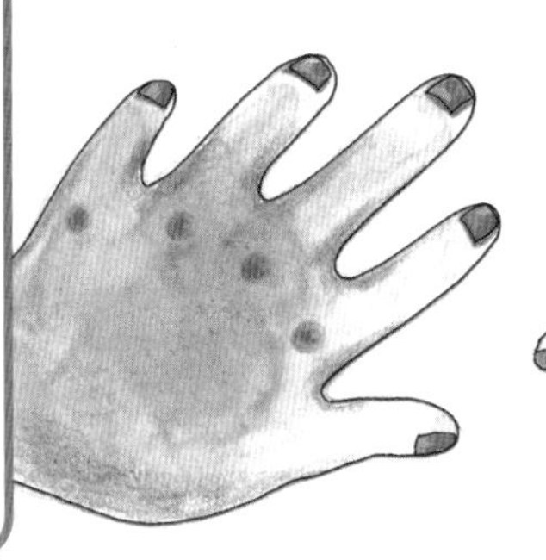

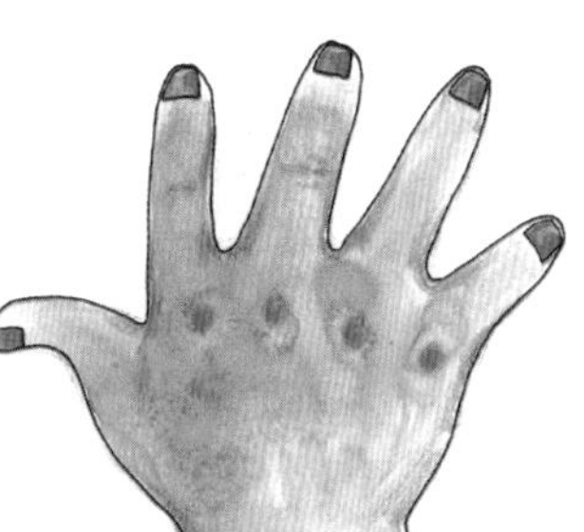

1 Learn the pinyin. (3)

1) ā á ǎ à

2) ō ó ǒ ò

3) ē é ě è

2 Listen to the recording and circle the correct pinyin. (4)

1. (ā) á
2. ǎ à
3. ǒ ó
4. ō ò
5. ē é
6. ě è
7. á é
8. ǒ ǎ

3 Learn the strokes of Chinese characters.

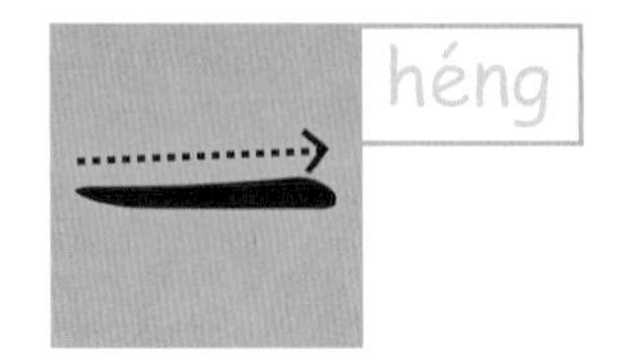
héng

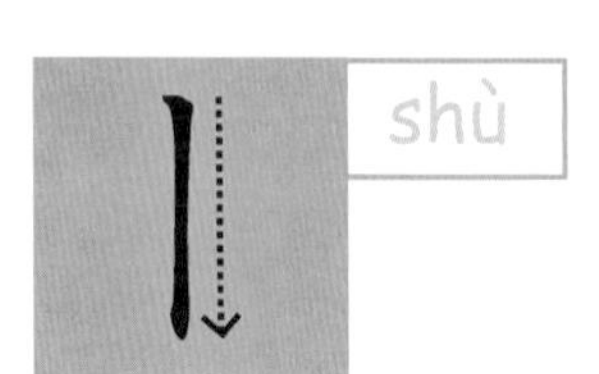
shù

piě

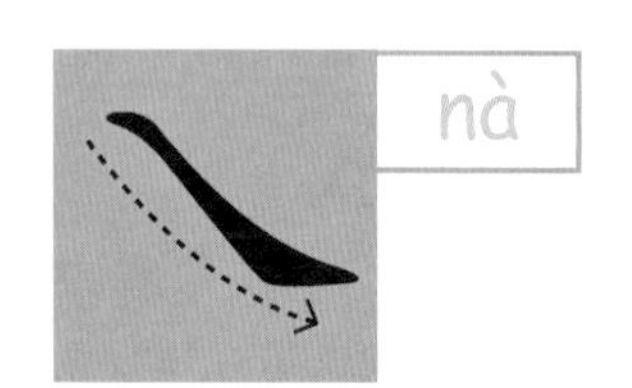
nà

4 Listen and practise. 5

b p m f, d t n l,

g k h, j q x,

zh ch sh r,

z c s,

y w.

5 Say the numbers in Chinese.

① 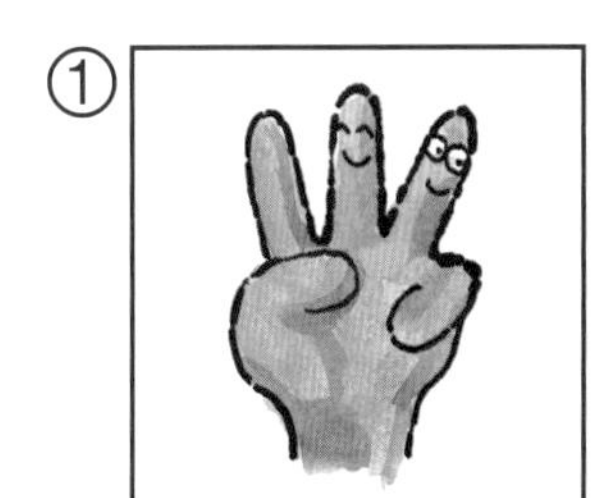

② 

③ 

④ 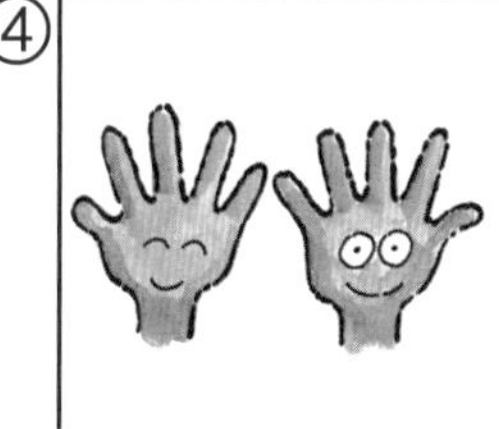

⑤ 

⑥ 

⑦ 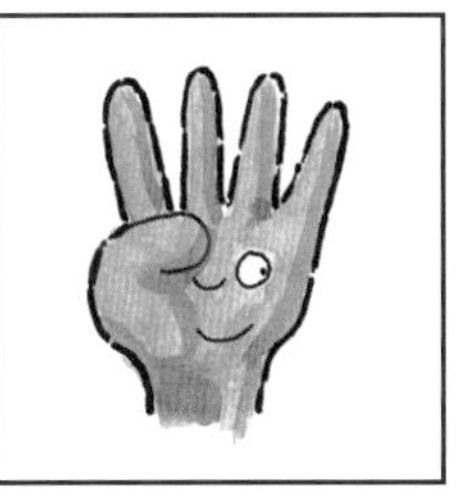

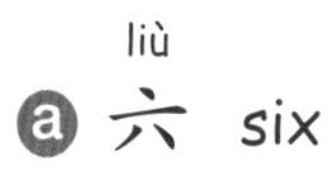

⑧ 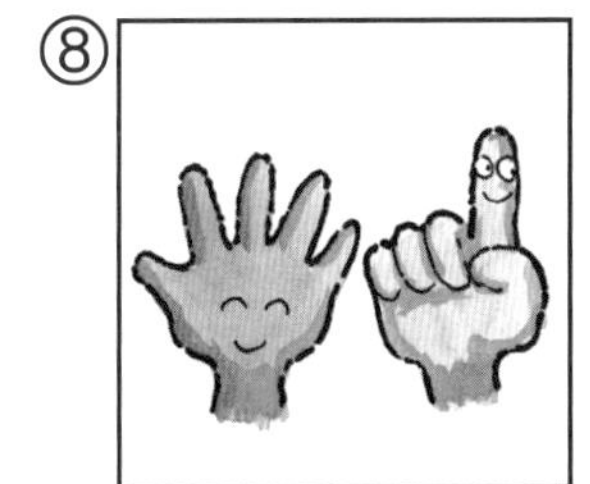

⑨ 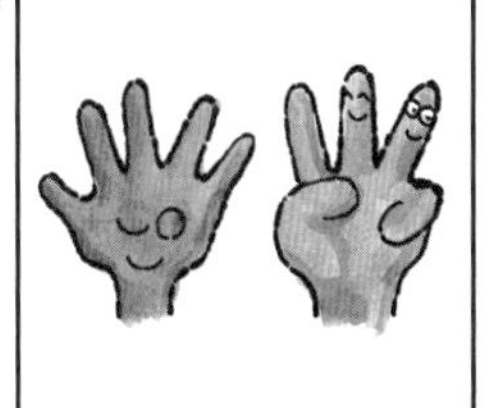

⑩ 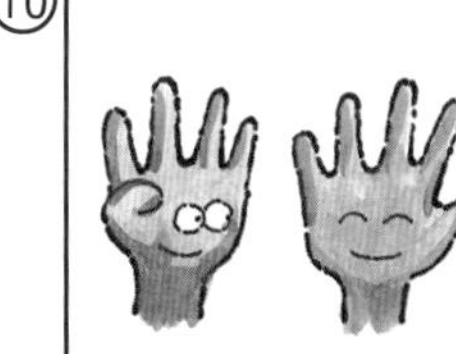

Extra words:

- ⓐ 六 (liù) six
- ⓑ 七 (qī) seven
- ⓒ 八 (bā) eight
- ⓓ 九 (jiǔ) nine
- ⓔ 十 (shí) ten

liù
六

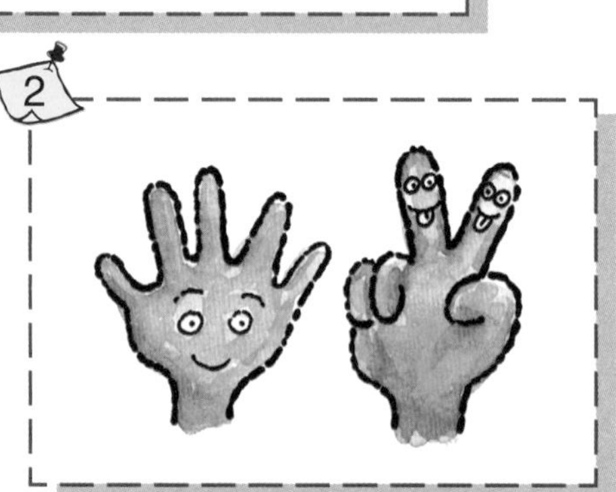

qī
七

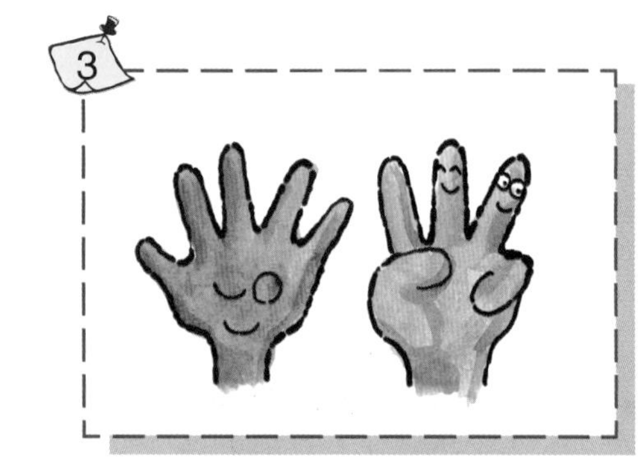

bā
八

jiǔ
九

shí
十

New words: 7

1. liù 六 six
2. qī 七 seven
3. bā 八 eight
4. jiǔ 九 nine
5. shí 十 ten

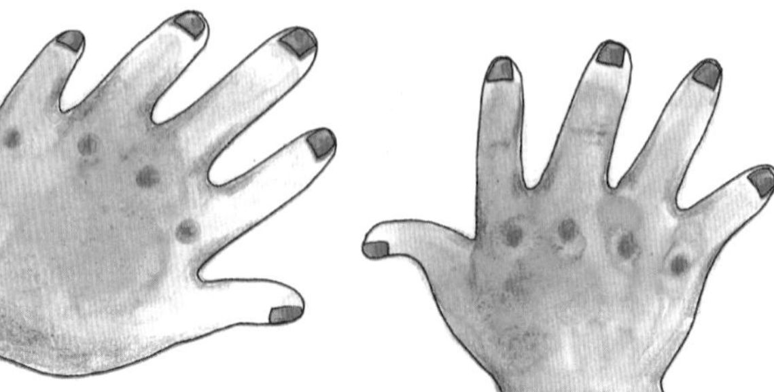

1 Learn the pinyin. 8

1) ī í ǐ ì

2) ū ú ǔ ù

3) ǖ ǘ ǚ ǜ

2 Listen to the recording and circle the correct pinyin. 9

1. ī (í)
2. ǐ ì
3. ǔ ù
4. ū ú
5. ǖ ǚ
6. ǜ ǘ
7. ā ō
8. é í

3 Listen, clap and practise. 10

yī èr sān sān èr yī
一、二、三，三、二、一，

yī èr sān sì wǔ liù qī
一、二、三、四、五、六、七。

bā jiǔ shí shí bā jiǔ
八、九、十，十、八、九，

dà jiā dōu lái shǔ yi shǔ
大家都來數一數。

4 Learn the strokes of Chinese characters.

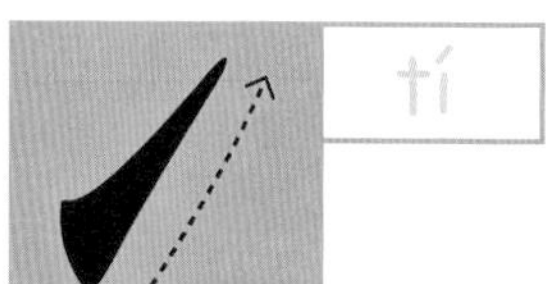

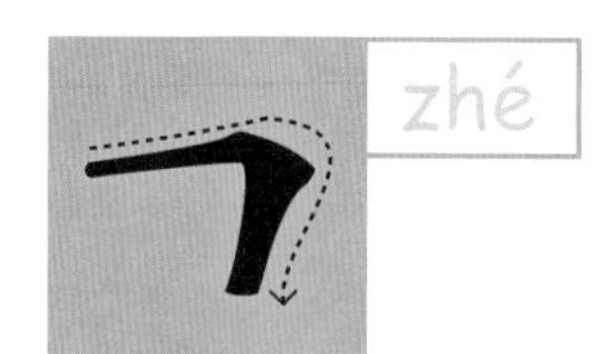

5 Game.

INSTRUCTIONS:

1. The whole class may join the game.
2. When the teacher says a pinyin sound, such as "ā", the students have to act out the tone like the pictures shown here.
3. Those who do not act correctly are out of the game.

6 Read aloud.

1) ā	2) ǎ	3) ó	4) ò
5) è	6) ī	7) ǐ	8) ú
9) ǖ	10) ǜ	11) á	12) ǒ
13) í	14) ū	15) ǚ	16) à

7 Count the strokes of each character.

sān ① 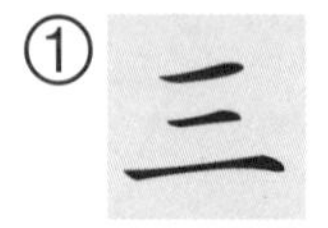

3

liù ② 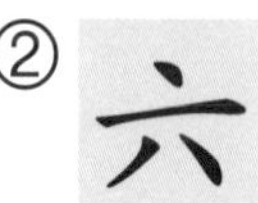

____

wǔ ③ 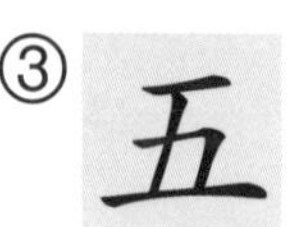

____

shí ④ 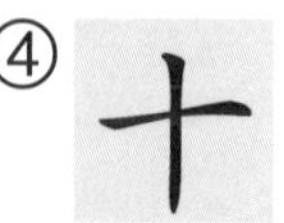

____

jiǔ ⑤ 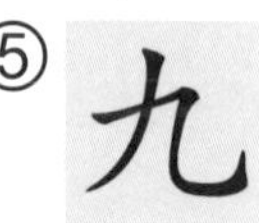

____

8 Game.

INSTRUCTIONS:

1 The whole class may join the game.

2 Let one student go to the front and hold up a card with pinyin on it. The rest of the class read it out.

3 Those who do not read out correctly are out of the game.

9 Count the numbers from 1 to 10.

yī　èr　　　　　　　　　　shí
一、二、……………………十

10 Say the numbers in Chinese.

①	②	③
9	6	19
④	⑤	⑥
3	7	30
⑦	⑧	⑨
25	12	20

Extra words:

- ⓐ 十二 (shí èr) twelve
- ⓑ 十九 (shí jiǔ) nineteen
- ⓒ 二十 (èr shí) twenty
- ⓓ 二十五 (èr shí wǔ) twenty-five
- ⓔ 三十 (sān shí) thirty

11

1

lǎo shī nín zǎo
老師，您早！

nǐ zǎo
你早！

2

lǎo shī nín hǎo
老師，您好！

nǐ hǎo
你好！

lǎo shī zài jiàn
老師，再見！

zài jiàn
再見！

New words:

1. lǎo 老 a prefix
2. shī 師 teacher
   lǎo shī 老師 teacher
3. nín 您 you (when speaking politely)
4. zǎo 早 morning
   nín zǎo 您早 good morning
5. nǐ 你 you
6. hǎo 好 used to say hello
   nǐ hǎo 你好 hello
7. zài 再 again
8. jiàn 見 meet with
   zài jiàn 再見 goodbye; see you again

1 Read aloud.

1) ā	2) ó	3) ě	4) ì	5) ū	6) ǘ

2 Listen to the recording and circle the correct pinyin. 13

1. ā ē
2. ó í
3. ū ǖ
4. ě ǐ
5. ì à
6. ǒ ǔ
7. é ú
8. ǜ ò

3 Listen, clap and practise. 14

1.
lǎo shī nín zǎo nín zǎo
老師，您早，您早！
lǎo shī nín hǎo nín hǎo
老師，您好，您好！
lǎo shī zài jiàn zài jiàn
老師，再見，再見！

2.
tóng xué nǐ zǎo nǐ zǎo
同學，你早，你早！
tóng xué nǐ hǎo nǐ hǎo
同學，你好，你好！
tóng xué zài jiàn zài jiàn
同學，再見，再見！

4 Learn the radicals.

① 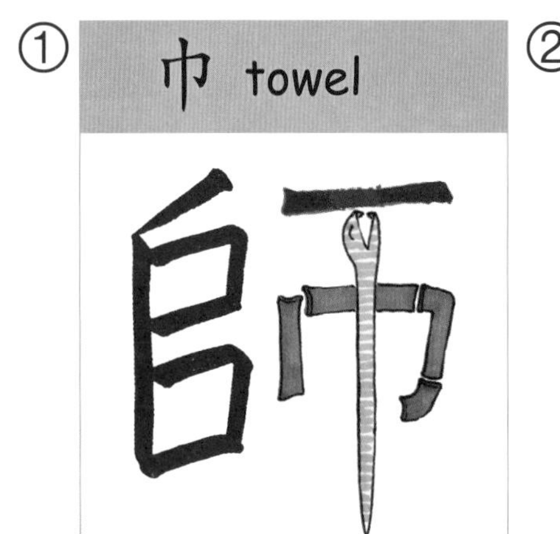

② 

③ 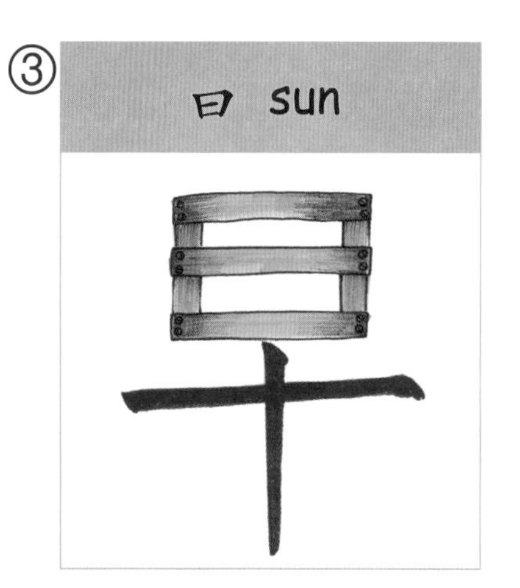

④ 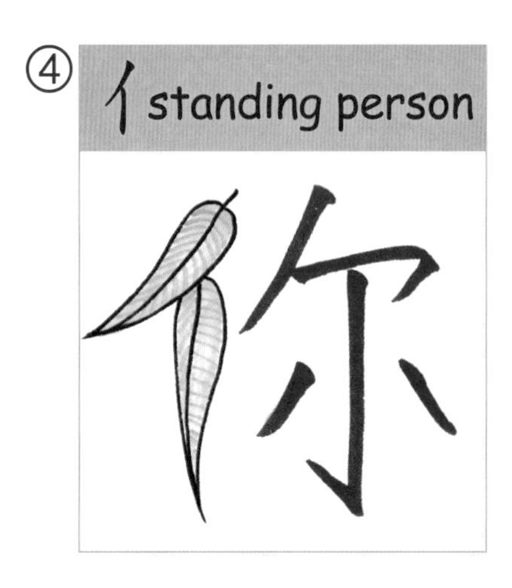

⑤ 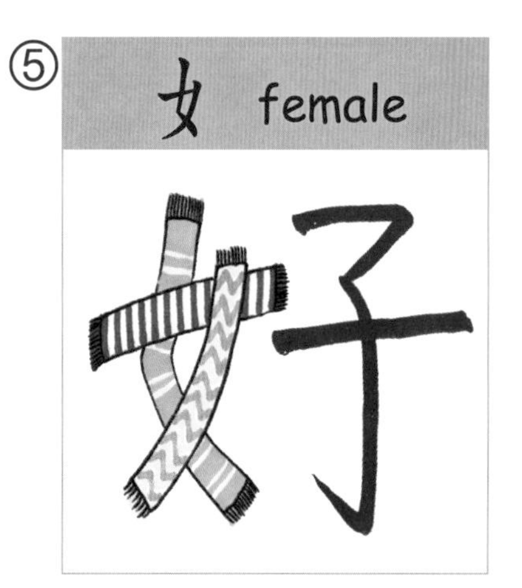

5 Say the numbers in Chinese.

6 Learn the structures of the characters.

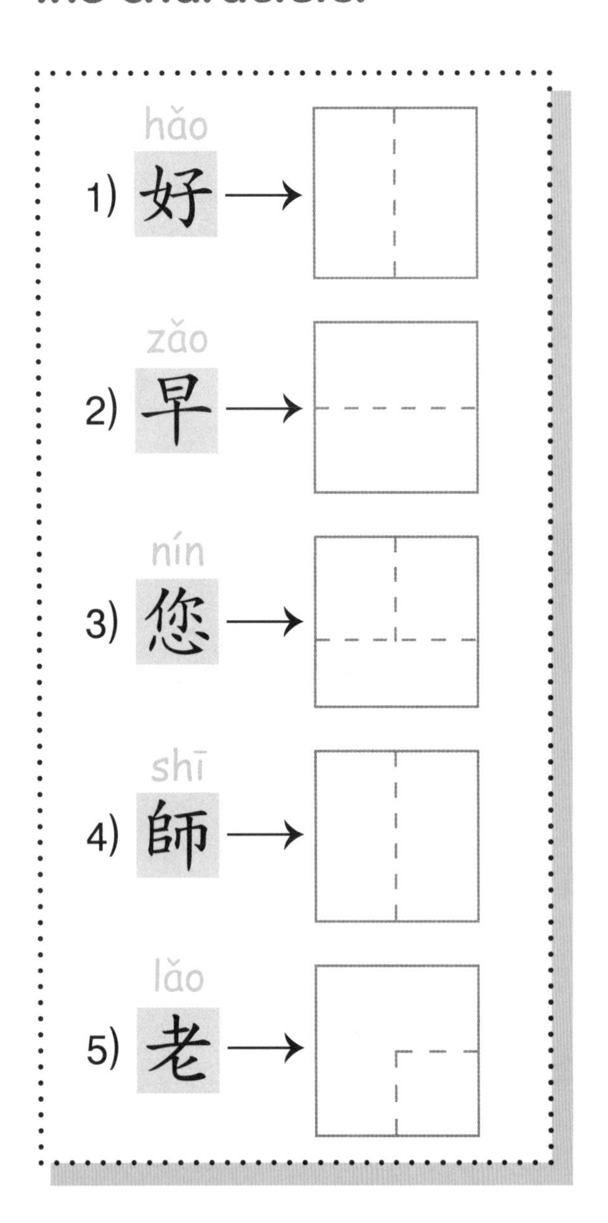

7 Draw the structure of each character.

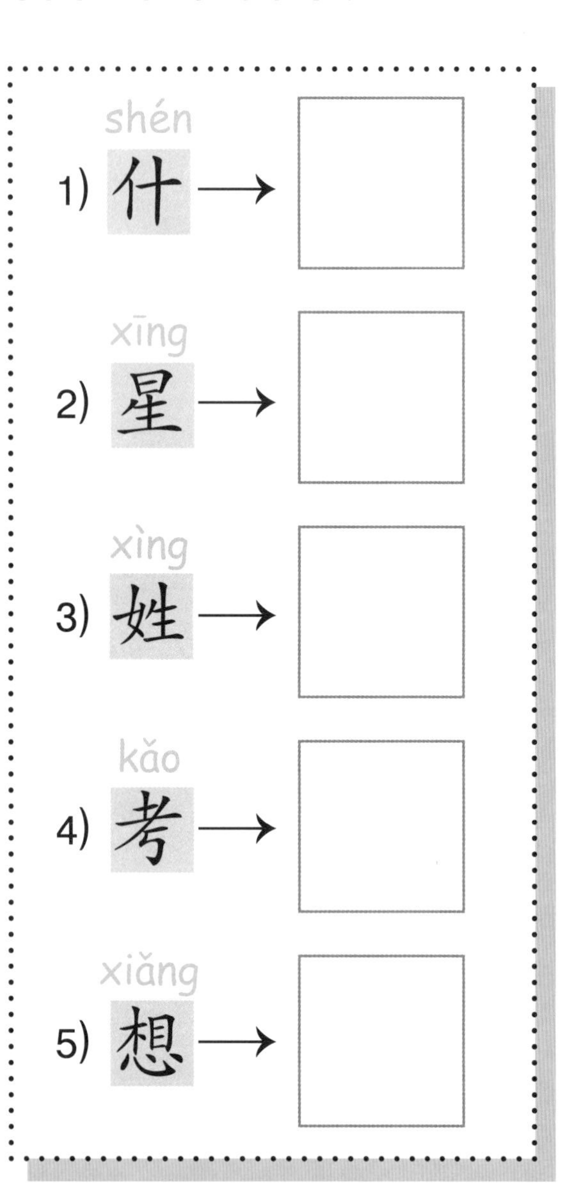

8 Fill in the missing numbers.

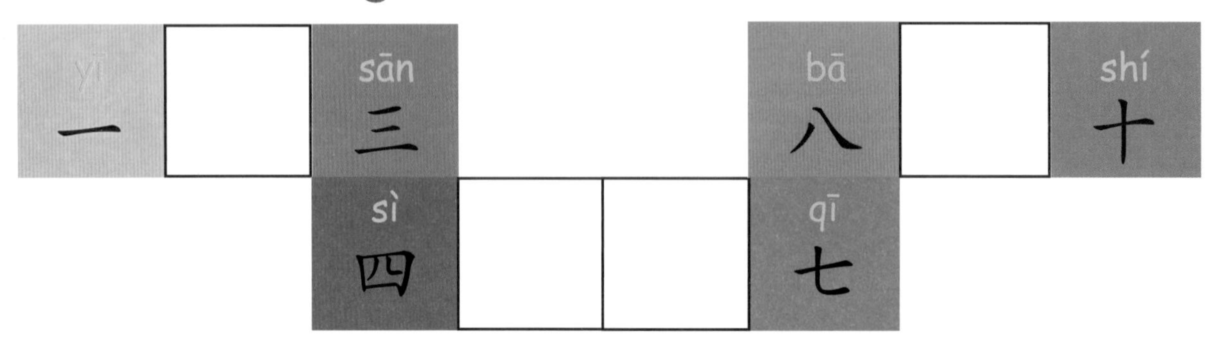

9 Learn to use Chinese hand signs to count the numbers.

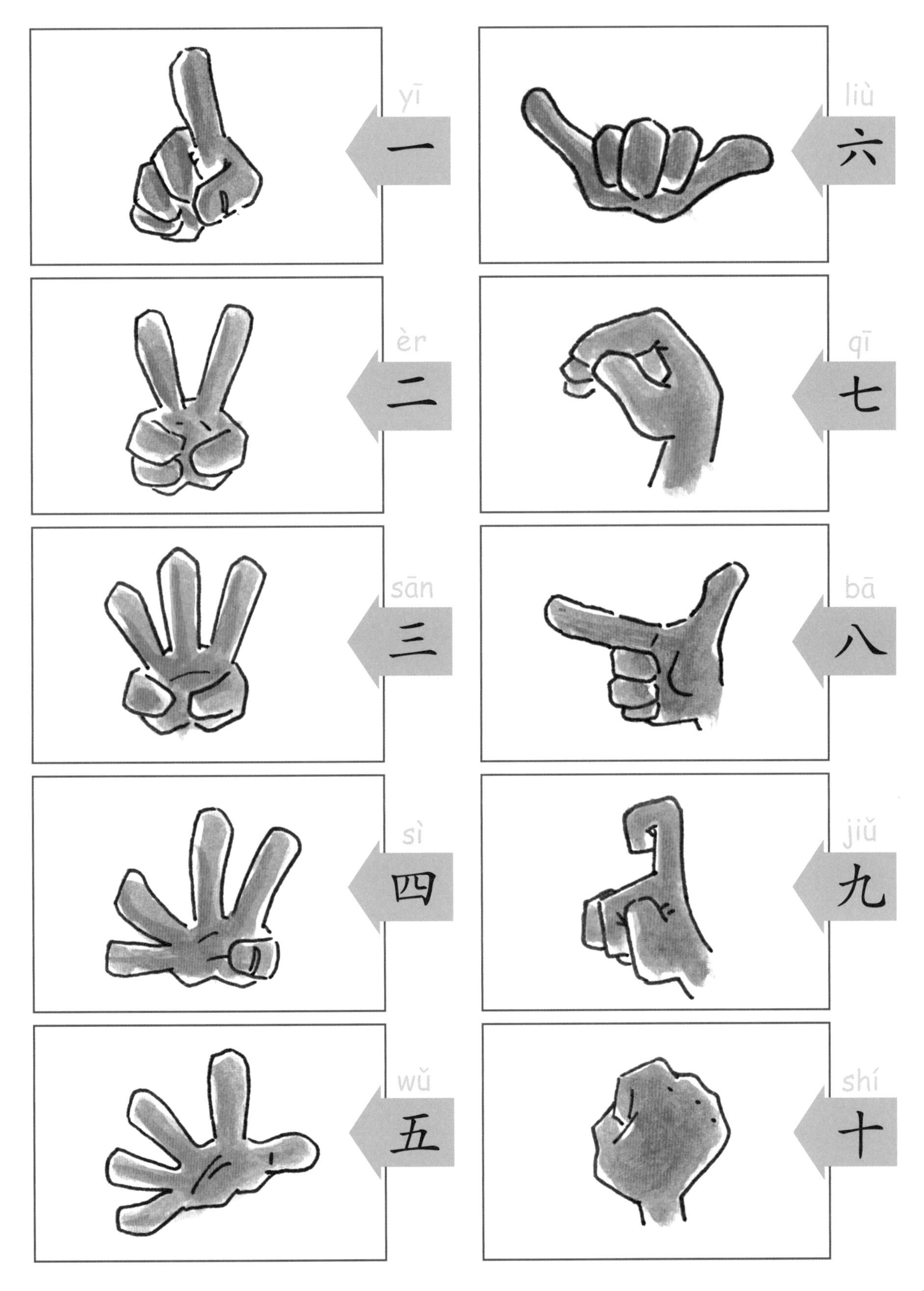

10 Learn to write characters.

Rule 1:

First write the horizontal strokes, then the vertical ones.

Rule 2:

Write the strokes from top to bottom.

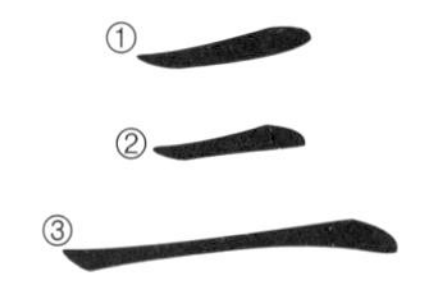

Rule 3:

First write the strokes on the left and then those on the right.

Rule 4:

First write the strokes in the middle and then those on both sides.

Rule 5:

Write the strokes from outside to inside before completing the character.

11 Count the strokes of each character.

① jiǔ 九 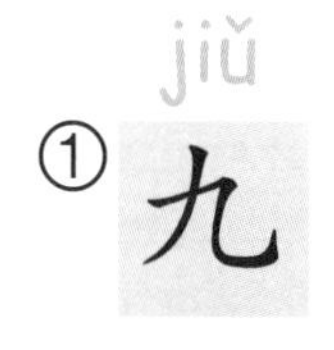

② liù 六 

③ bā 八 

2 ______ ______ ______

④ lǎo 老

⑤ zǎo 早  

⑥ zài 再 

______ ______ ______

12 Read aloud.

1) ā	2) ō 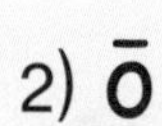	3) ě 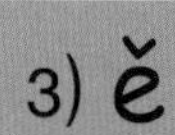	4) í 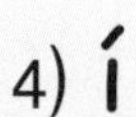
5) ǔ	6) è	7) à	8) ǒ
9) ú	10) ǘ	11) ǎ	12) ǐ

13 Make short conversations.

1

2

3

14 Read aloud the words and say their meanings.

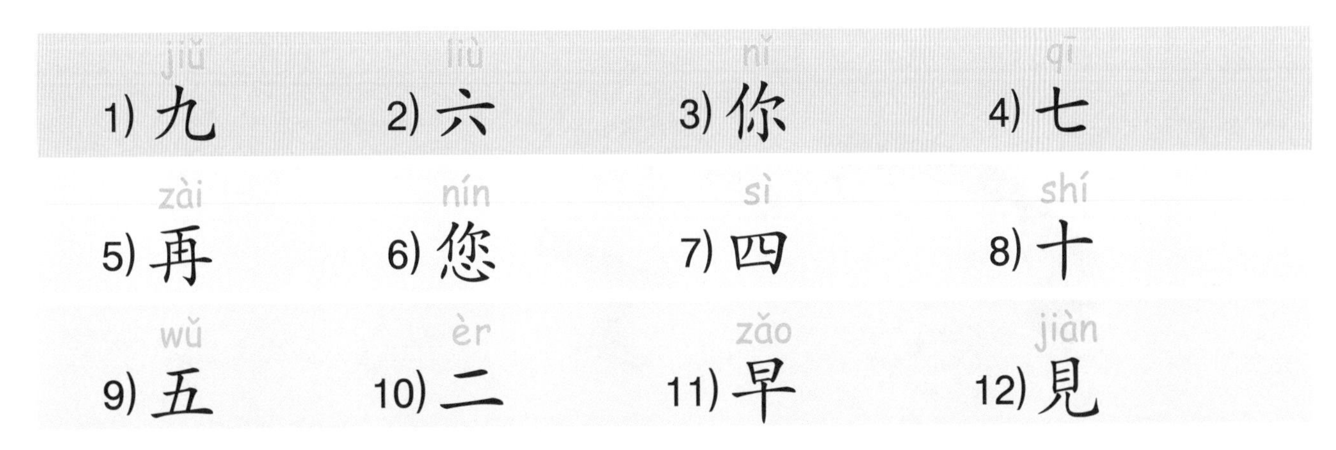

1) 九 jiǔ	2) 六 liù	3) 你 nǐ	4) 七 qī
5) 再 zài	6) 您 nín	7) 四 sì	8) 十 shí
9) 五 wǔ	10) 二 èr	11) 早 zǎo	12) 見 jiàn

dì sì kè
第四課
duì bu qǐ
對不起
15
duì bu qǐ
對不起！
1
méi guān xi
沒關係。

2
xiè xie nǐ
謝謝你！
bú kè qi
不客氣。

New words:

16

❶ duì bu qǐ 對不起	I'm sorry; excuse me	❸ xiè 謝 thank	xiè xie 謝謝 thanks
❷ méi guān xi 沒關係	it doesn't matter; never mind	❹ bú kè qi 不客氣	you're welcome

1 Learn the pinyin.

17

2 Read aloud.

1) bà	6) mǔ
2) mō	7) fà
3) fú	8) pǔ
4) pí	9) mà
5) bó	10) pū

3 Say the numbers in Chinese.

① 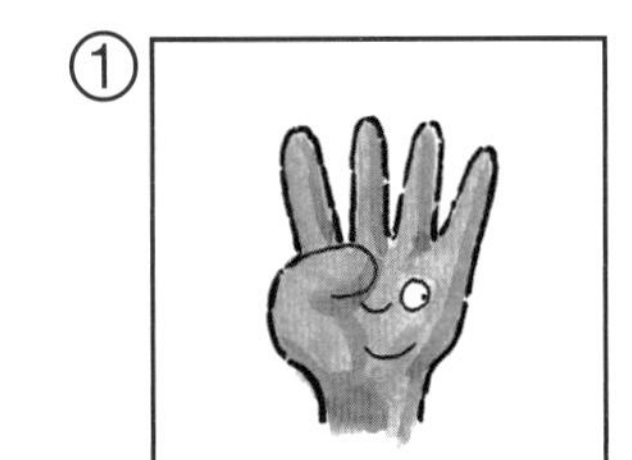

③ 

④ 

4 Listen to the recording and circle the correct pinyin.

1	bà	pà	5	bǐ	pǐ
2	mà	mò	6	mā	mǎ
3	pí	pú	7	fú	fù
4	fá	fà	8	pō	pò

5 Say the numbers in Chinese.

①
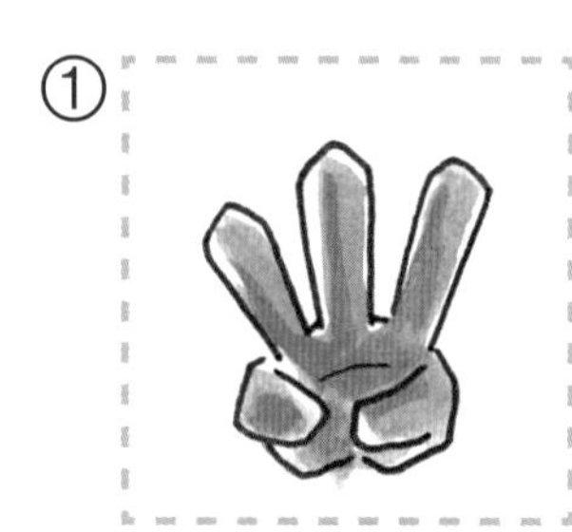

②
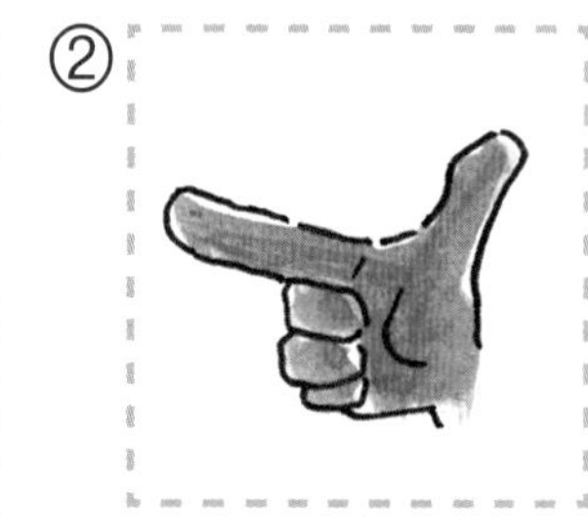

③
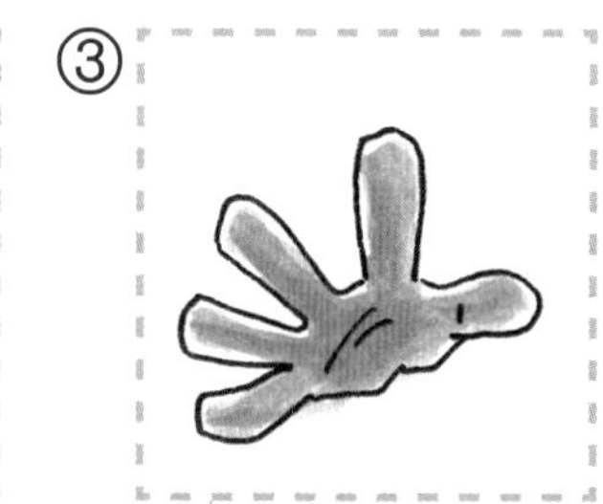

④

⑤

⑥
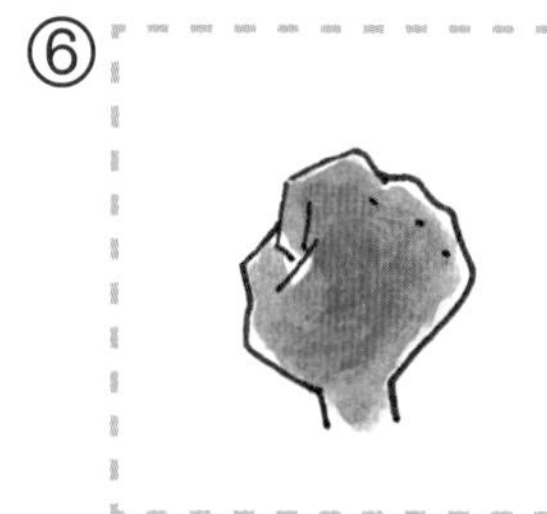

⑦
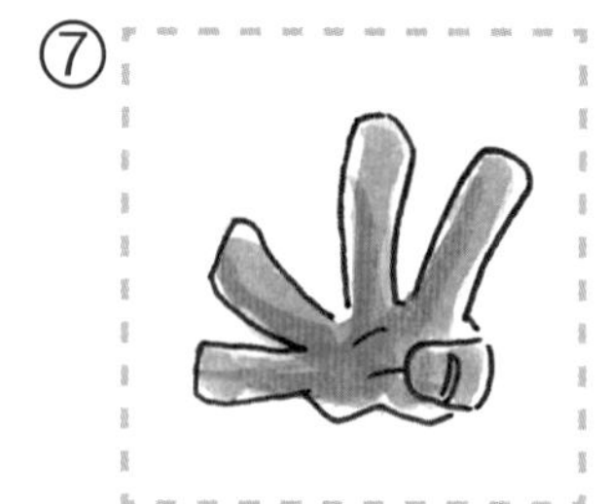

⑧
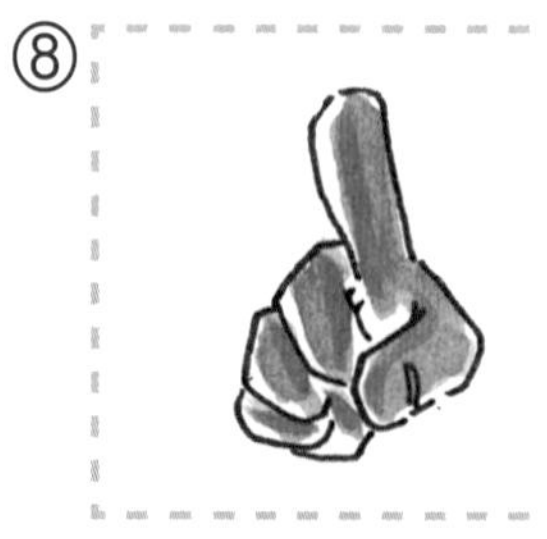

⑨

⑩

6 Listen, clap and practise. 19

xiǎo péng you men yǒu lǐ mào
小朋友們有禮貌，

shí shí kè kè yào jì láo
時時刻刻要記牢。

duì bu qǐ méi guān xi
對不起，沒關係。

xiè xie nǐ bú kè qi
謝謝你，不客氣。

7 Make short conversations.

①

Extra words:

duō xiè
ⓐ 多謝 many thanks

bú yòng xiè
ⓑ 不用謝 you're welcome

②

③

④

⑤

8 Learn the radicals.

①

②
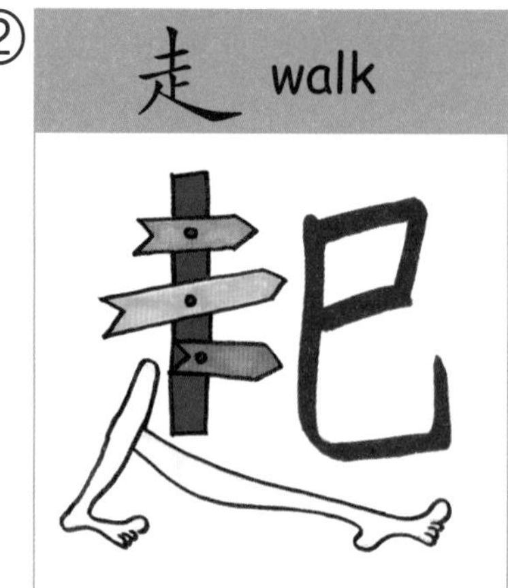

③
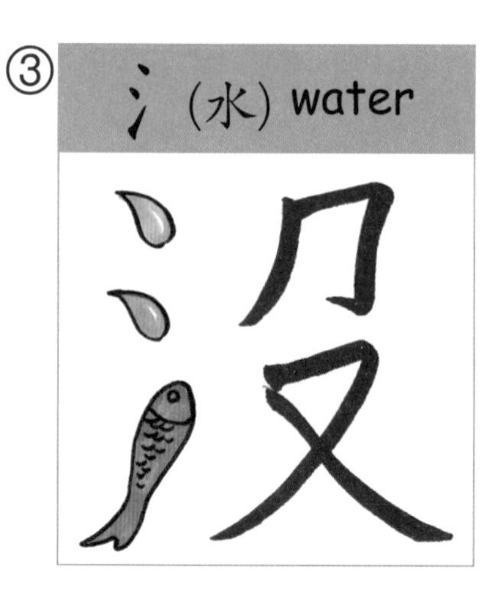

④
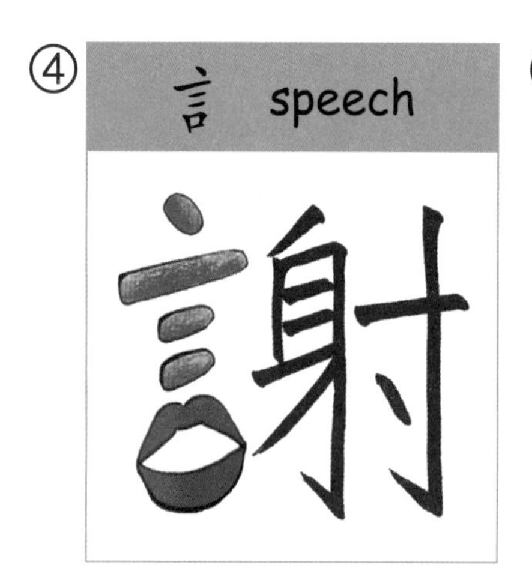

⑤
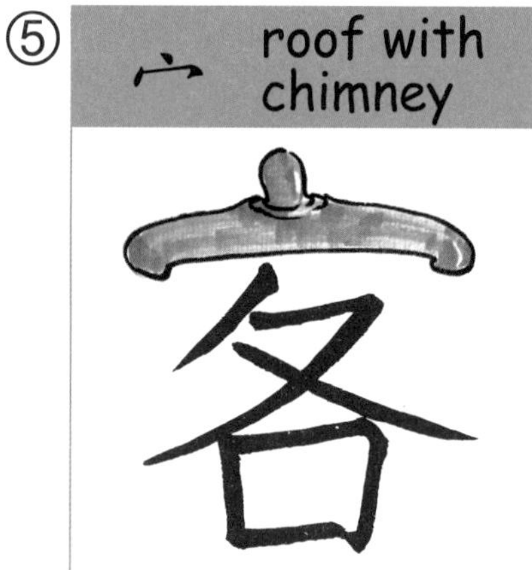

9 Game.

INSTRUCTIONS:

1 Let one student hold an initial in one hand and a final with tone in the other.

2 Let the rest of the students read aloud the pinyin correctly.

EXAMPLE:

m + ā = mā

10 Learn the structures of the characters.

1) 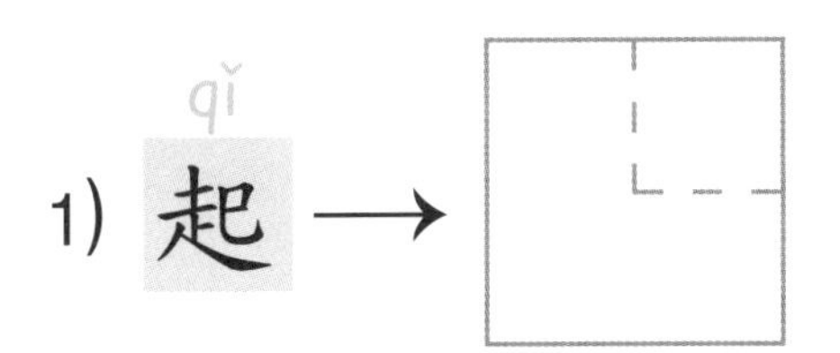

2) xiè 謝 →

11 Game.

INSTRUCTIONS:

1 Form pairs.

2 One student asks the questions in English, and the other answers in Chinese. Swap after five turns.

1) 1 + 1 =

2) 2 + 1 =

3) 3 + 1 =

4) 4 + 1 =

5) 5 + 1 =

6) 6 + 1 =

7) 7 + 1 =

8) 8 + 1 =

9) 9 + 1 =

10) 10 + 1 =

12 Look and match.

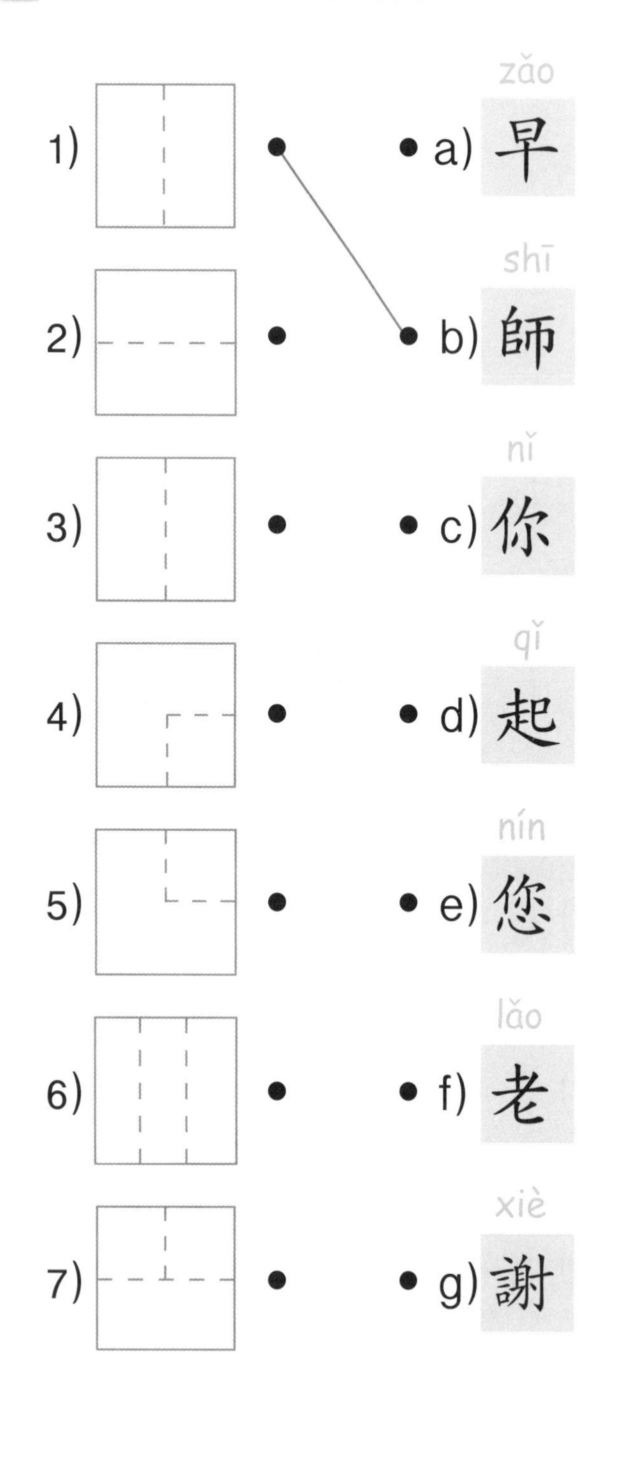

13 Say the numbers in Chinese.

14 Say the numbers in Chinese.

1) 一(yī)、二(èr)、……十(shí)

2) 十(shí)、九(jiǔ)、……一(yī)

15 Count the strokes of each character.

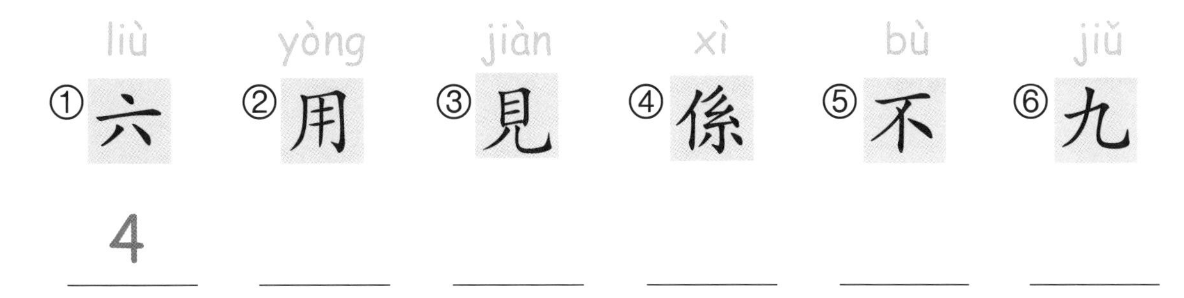

16 Read aloud the words and say their meanings.

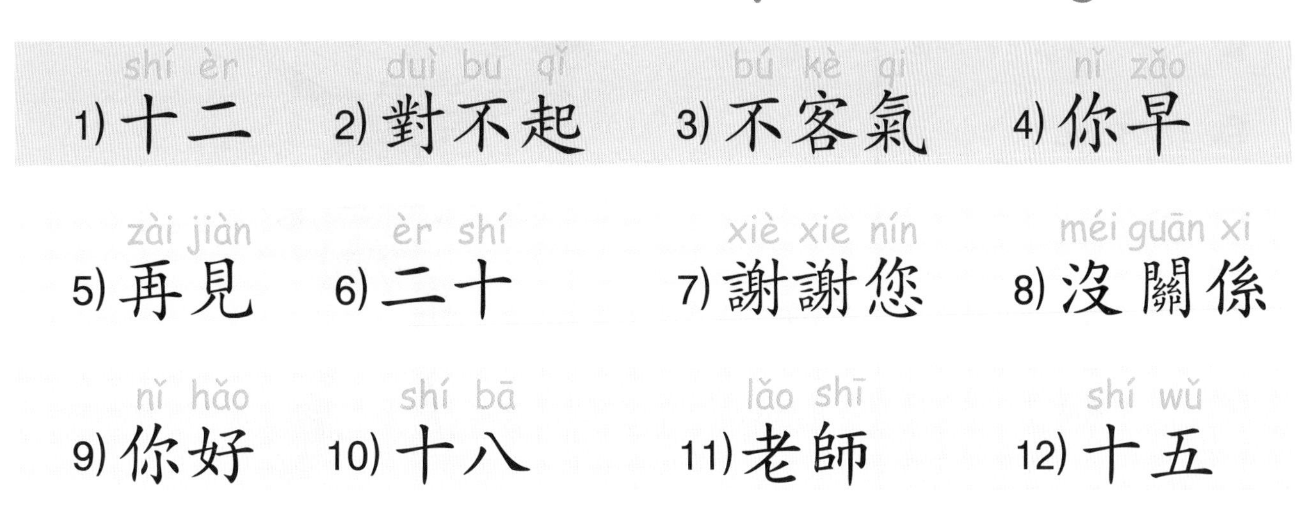

20

lǎo shī　nǐ xìng shén me
老師：你姓什麼？

wáng tiān yī　wǒ xìng wáng
王天一：我姓王。

lǎo shī　nǐ jiào shén me míng zi
老師：你叫什麼名字？

wáng tiān yī　wǒ jiào tiān yī
王天一：我叫天一。

21

1. xìng 姓 surname
2. shén me 什麼 what
3. wáng 王 a surname
4. tiān yī 天一 a given name
5. wǒ 我 I; me
6. jiào 叫 call
7. míng 名 name
8. zì 字 name

míng zi 名字 name

1 Learn the pinyin. 22

2 Read aloud.

1) tè	6) dà
2) dū	7) nǔ
3) lǘ	8) nǚ
4) dǎ	9) tā
5) tī	10) lí

3 Listen to the recording and circle the correct pinyin. 23

1. (tè) dé
2. mó mǔ
3. nǚ nǔ
4. mí nǐ
5. pī tī
6. bù pù
7. nǎ lǎ
8. fó fǔ

4 Listen, clap and practise. 24

nǐ jiào shén me　　wǒ jiào tiān yī
你叫什麼？我叫天一。
tā jiào shén me　　tā jiào jǐ mǐ
他叫什麼？他叫幾米。
wǒ de míng zi jiào tiān yī
我的名字叫天一。
tā de míng zi jiào jǐ mǐ
他的名字叫幾米。

5 Say in Chinese.

①

②

③

④

⑤

⑥

⑦

⑧

⑨

Extra words:

- a. tā 他 he; him
- b. tā 她 she; her
- c. wǒ men 我們 we; us
- d. nǐ men 你們 you (plural form)
- e. tā men 他們 they; them
- f. tā men 她們 they; them
- g. tā 牠 it

6 Learn the radicals.

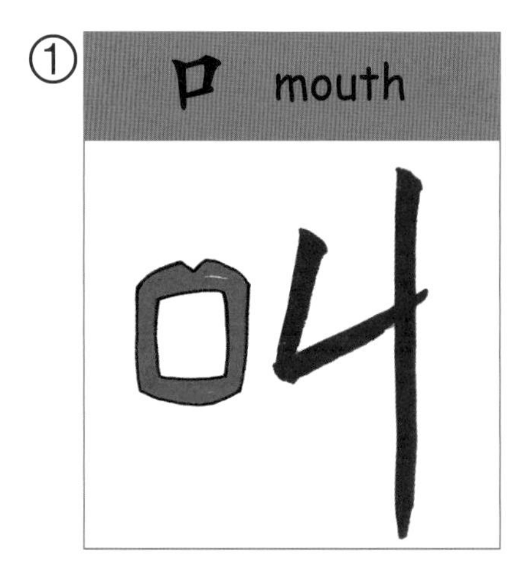

7 Say the meaning of each radical.

1) nǐ 你 standing person ________
2) xiè 謝 ________
3) shī 師 ________
4) nín 您 ________

5) zǎo 早 ________
6) jiào 叫 ________
7) zì 字 ________
8) míng 名 ________

8 Write the numbers in Chinese.

① 5 → ________
② 8 → ________
③ 10 → ________
④ 2 → ________
⑤ 4 → ________
⑥ 6 → ________
⑦ 9 → ________
⑧ 7 → ________
⑨ 3 → ________

9 Game.

EXAMPLE: 1 + 1 = 2

INSTRUCTIONS:

1. The whole class may join the game.
2. The teacher asks the questions in English, and the students answer in Chinese.
3. Those who do not get the right answers in Chinese are out of the game.

10 Write the numbers in Chinese.

1
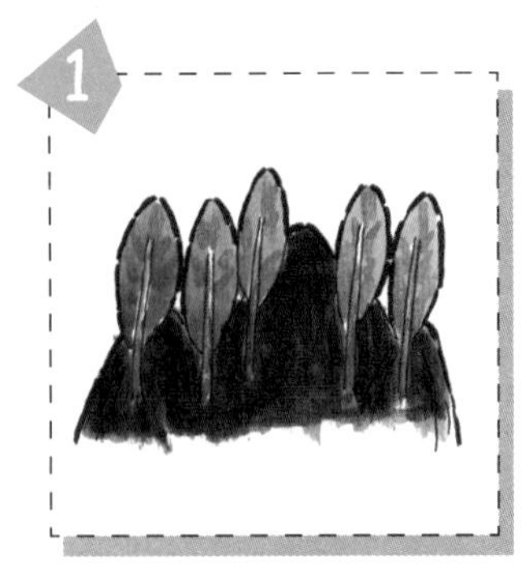
五 ______

2

______

3

______

4

______

5

______

6

______

7

______

8

______

11 Make short conversations.

EXAMPLE:

tā xìng shén me
A: 她姓什麼？

tā xìng wáng
B: 她姓王。

tā jiào shén me míng zi
A: 她叫什麼名字？

tā jiào tiān yī
B: 她叫天一。

①

②

③

④

⑤

⑥

lǎo shī　nǐ jiā yǒu jǐ kǒu rén
老師：你家有幾口人？

wáng tiān yī　sì kǒu rén
王天一：四口人。

lǎo shī　nǐ jiā yǒu shéi
老師：你家有誰？

wáng tiān yī　bà ba　mā ma　mèi mei hé wǒ
王天一：爸爸、媽媽、妹妹和我。

New words:

①	家 (jiā)	family; home
②	有 (yǒu)	have
③	幾 (jǐ)	how many
④	口 (kǒu)	a measure word (used for family members)
⑤	人 (rén)	person
⑥	誰 (shéi)	who; whom
⑦	爸(爸) (bà ba)	dad; father
⑧	媽(媽) (mā ma)	mum; mother
⑨	妹(妹) (mèi mei)	younger sister
⑩	和 (hé)	and

1 Learn the pinyin.

g

2 Read aloud.

1) kǎ	6) kǔ
2) gē	7) hā
3) hú	8) gé
4) gà	9) hù
5) hē	10) kā

3 Listen to the recording and circle the correct pinyin. 28

1	kā	gā	5	hā	hà
2	hé	gé	6	dé	tè
3	fó	fú	7	mà	nà
4	gá	gà	8	bù	pù

4 Listen, clap and practise. 29

wǒ de jiā yǒu wǔ kǒu rén
我的家有五口人，

yǒu bà ba yǒu mā ma
有爸爸，有媽媽，

dì di mèi mei hái yǒu wǒ
弟弟、妹妹，還有我。

5 Read aloud the pinyin and say the meaning of each word.

1) lǎo shī 2) nǐ zǎo 3) xiè xie nǐ 4) duì bu qǐ

5) shén me 6) zài jiàn 7) míng zi 8) méi guān xi

9) nǐ hǎo 10) èr shí 11) shí jiǔ 12) bú kè qi

6 Learn the radicals.

7 Make short conversations.

8 Game.

INSTRUCTIONS:

1. The whole class may join the game.
2. One student is asked to go to the front. He/she uses both hands to show the Chinese hand signs for numbers.
3. The other students must add the two numbers together and say the answer in Chinese.
4. Those who do not say the correct answers are asked to go to the front to start the next turn.

EXAMPLE:

9 Ask five classmates the questions.

1) nǐ xìng shén me
你姓什麼?

2) nǐ jiào shén me míng zi
你叫什麼名字?

3) nǐ jiā yǒu jǐ kǒu rén
你家有幾口人?

4) nǐ jiā yǒu shéi
你家有誰?

10 Speaking practice.

EXAMPLE:

wǒ jiā yǒu sì kǒu rén　bà ba
我家有四口人：爸爸、
mā ma　gē ge hé wǒ
媽媽、哥哥和我。

①

②

③

④

⑤

Extra words:

- ⓐ 哥（哥）gē (ge) elder brother
- ⓑ 姐（姐）jiě (jie) elder sister
- ⓒ 弟（弟）dì (di) younger brother

11 Count the strokes of each character and write the radicals.

1) jiā 家 (10) 宀　　2) bà 爸 (　　) ______　　3) shī 師 (　　) ______

4) hé 和 (　　) ______　　5) nín 您 (　　) ______　　6) zǎo 早 (　　) ______

7) mā 媽 (　　) ______　　8) qǐ 起 (　　) ______　　9) méi 沒 (　　) ______

10) jiào 叫 (　　) ______　　11) míng 名 (　　) ______　　12) mèi 妹 (　　) ______

12 Say the numbers in Chinese.

① 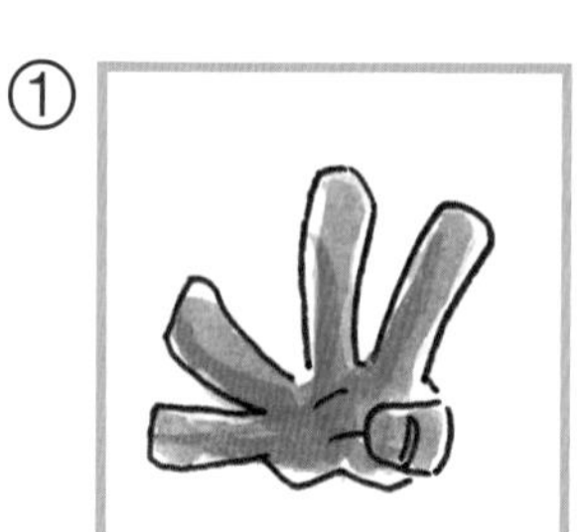

② 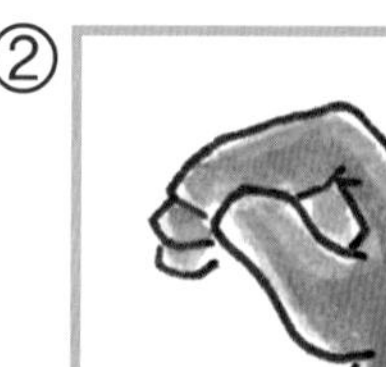

③ 

④ 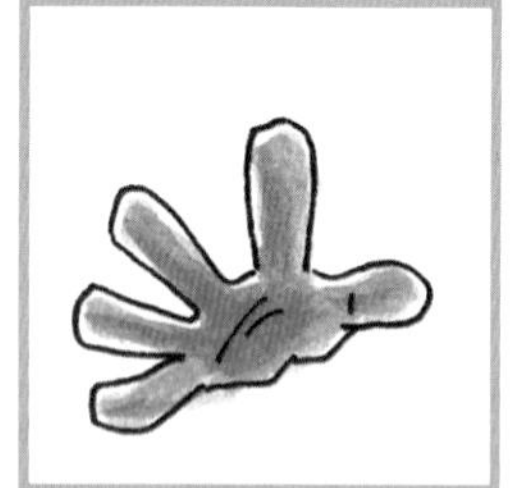

⑤

⑥ 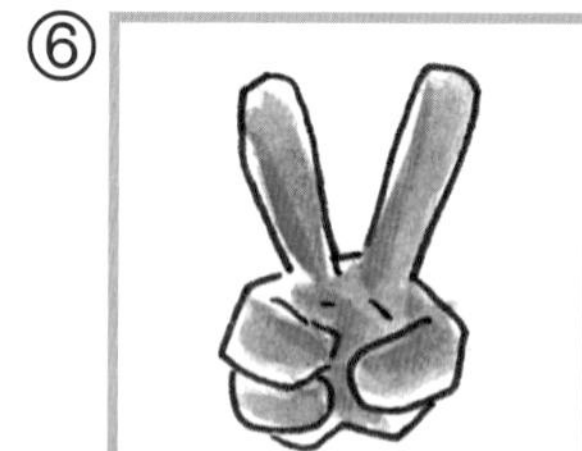

⑦ 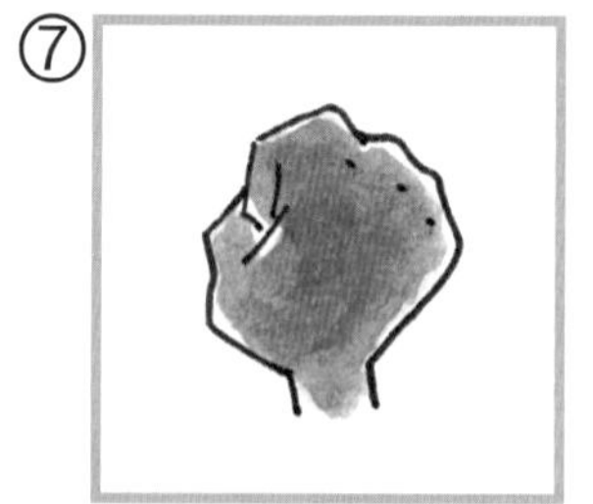

⑧ 

⑨

⑩ 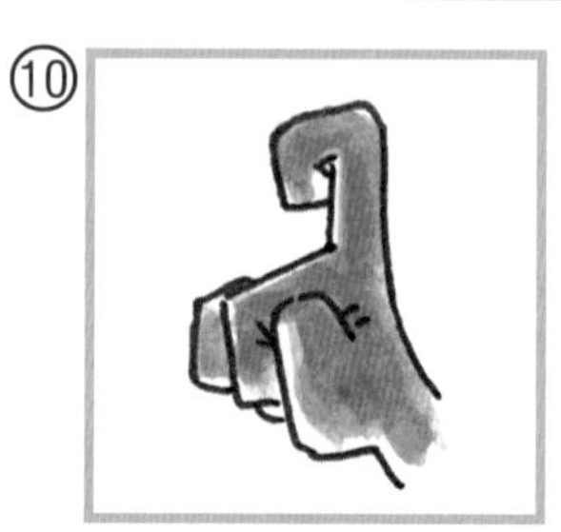

13 Read and match.

nǐ jiā yǒu jǐ kǒu rén
1) 你家有幾口人？

nǐ xìng shén me
2) 你姓什麼？

nǐ jiā yǒu shéi
3) 你家有誰？

nǐ jiào shén me míng zi
4) 你叫什麼名字？

bà ba mā ma hé wǒ
a) 爸爸、媽媽和我。

wǒ xìng xiè
b) 我姓謝。

bā kǒu rén
c) 八口人。

tiān yī
d) 天一。

14 Speaking practice.

EXAMPLE:

zhè shì wǒ de yì jiā wǒ jiā yǒu wǔ kǒu rén bà ba mā ma jiě jie gē ge hé wǒ
這是我的一家。我家有五口人：爸爸、媽媽、姐姐、哥哥和我。

IT IS YOUR TURN!

Bring a family photo to the class and introduce your family members.

30

lǎo shī　nǐ yǒu gē ge ma
老師：你有哥哥嗎？

wáng hé　yǒu　wǒ yǒu yí ge gē ge
王和：有。我有一個哥哥。

lǎo shī　tā jǐ suì
老師：他幾歲？

wáng hé　bā suì
王和：八歲。

lǎo shī　nǐ yǒu dì di ma
老師：你有弟弟嗎？

wáng hé　méi yǒu
王和：沒有。

lǎo shī　nǐ jǐ suì
老師：你幾歲？

wáng hé　sì suì
王和：四歲。

New words: (31)

1. 哥（哥） gē (ge) elder brother
2. 嗎 ma a particle
3. 個 gè a measure word (used for a noun that does not have a particular measure word)
4. 他 tā he; him
5. 歲 suì year (of age)
6. 弟（弟） dì (di) younger brother
7. 沒 méi not have

   沒有 méi yǒu not have

1 Learn the pinyin. (32)

2 Read aloud.

1) jī	6) qǔ
2) xù	7) mó
3) kā	8) jù
4) tì	9) xì
5) nǚ	10) lè

3 Listen to the recording. Tick what is true and cross what is false.

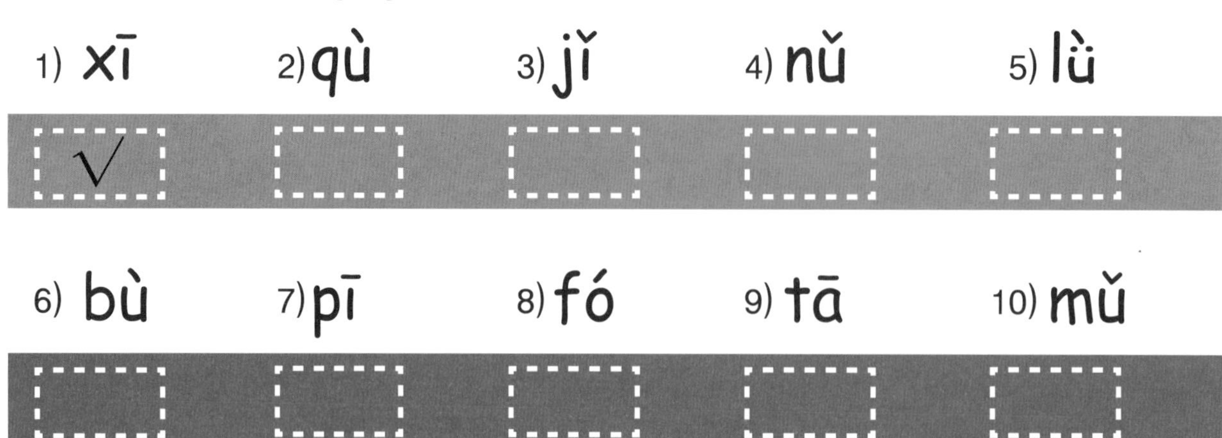

4 Listen, clap and practise.

gē ge jǐ suì　gē ge qī suì
哥哥幾歲？ 哥哥七歲。

dì di jǐ suì　dì di yí suì
弟弟幾歲？ 弟弟一歲。

gē ge qī suì　dì di yí suì
哥哥七歲，弟弟一歲。

qī suì yí suì　yí suì qī suì
七歲一歲，一歲七歲。

5 Say the numbers in Chinese.

1) 一（yī）、二（èr）、…………十（shí）

2) 十（shí）、九（jiǔ）、…………一（yī）

6 Learn the radicals.

①

② 止 stop

7 Say the meaning of each radical.

bà 1) 爸 father	hǎo 2) 好	míng 3) 名	tā 4) 他
shéi 5) 誰	zì 6) 字	hé 7) 和	jiào 8) 叫
xiè 9) 謝	méi 10) 沒	nín 11) 您	shī 12) 師

8 Say the numbers in Chinese.

1) 5	2) 7	3) 3	4) 10	5) 6
6) 4	7) 11	8) 9	9) 18	10) 15

9 Say in Chinese.

1

elder brother

2

younger sister

3

elder sister

4

younger brother

5

father' s father

6

father' s mother

7

mother' s father

8

mother' s mother

Extra words:

ⓐ 爺爺 (yé ye) father' s father

ⓑ 奶奶 (nǎi nai) father' s mother

ⓒ 外公 (wài gōng) mother' s father

ⓓ 外婆 (wài pó) mother' s mother

10 Game.

INSTRUCTIONS:

1 The class is divided into two groups.

2 One group reads out the odd numbers, and the other group reads out the even numbers.

11 Complete the conversations.

nǐ hǎo
1) A: 你好！ B: 你好！

duì bu qǐ
2) A: 對不起！ B: ____________

xiè xie nǐ
3) A: 謝謝你！ B: ____________

nǐ jiào shén me míng zi
4) A: 你叫什麼名字？ B: ____________

nǐ jiā yǒu jǐ kǒu rén
5) A: 你家有幾口人？ B: ____________

nǐ jiā yǒu shéi
6) A: 你家有誰？ B: ____________

zài jiàn
7) A: 再見！ B: ____________

12 Make short conversations.

wáng dà shān liù suì
王大山：六歲
gē ge bā suì
哥哥：八歲
dì di sān suì
弟弟：三歲

EXAMPLE:

wáng dà shān yǒu gē ge ma
A: 王大山有哥哥嗎？
yǒu
B: 有。
tā jǐ suì
A: 他幾歲？
bā suì
B: 八歲。
wáng dà shān yǒu dì di ma
A: 王大山有弟弟嗎？
yǒu
B: 有。
tā jǐ suì
A: 他幾歲？
sān suì
B: 三歲。

……

xiè tiān　shí èr suì
謝天：十二歲
jiě jie　shí liù suì
姐姐：十六歲
dì di　bā suì
弟弟：八歲

wáng huān　shí suì
王歡：十歲
mèi mei　jiǔ suì
妹妹：九歲

13 Game.

EXAMPLE:

wǒ jiā yǒu sì kǒu rén bà ba　mā ma　dì di hé wǒ
我家有四口人：爸爸、媽媽、弟弟和我。
wǒ dì di sì suì　wǒ liù suì
我弟弟四歲，我六歲。

INSTRUCTIONS:

1. Each student is asked to write about his/her family in pinyin on a piece of paper.
2. The teacher collects the pieces and shuffles.
3. Each student picks one piece and reads it out. The rest of the class guesses whose family it is.

guān wén wen nǐ xǐ huan shén me yán sè
關文文：你喜歡什麼顏色

wáng tiān yī wǒ xǐ huan hóng sè huáng
王天一：我喜歡紅色、黃

sè hé lán sè
色和藍色。

guān wén wen wǒ xǐ huan bái sè hé hēi sè
關文文：我喜歡白色和黑色。

1. guān 關 a surname
2. wén wen 文文 a given name
3. xǐ 喜 be fond of
4. huān 歡 happy

   xǐ huan 喜歡 like
5. yán 顏 colour
6. sè 色 colour

   yán sè 顏色 colour
7. hóng 紅 red　hóng sè 紅色 red
8. huáng 黃 yellow

   huáng sè 黃色 yellow
9. lán 藍 blue　lán sè 藍色 blue
10. bái 白 white　bái sè 白色 white
11. hēi 黑 black

    hēi sè 黑色 black

1 Learn the pinyin. 37

2 Read aloud.

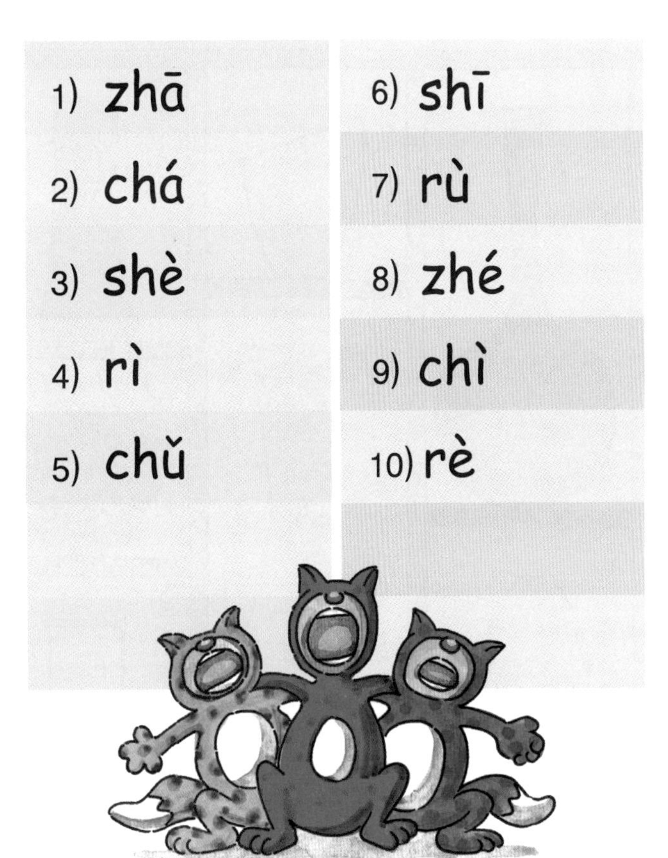

1) zhā	6) shī
2) chá	7) rù
3) shè	8) zhé
4) rì	9) chì
5) chǔ	10) rè

3 Listen to the recording. Tick what is true and cross what is false. 38

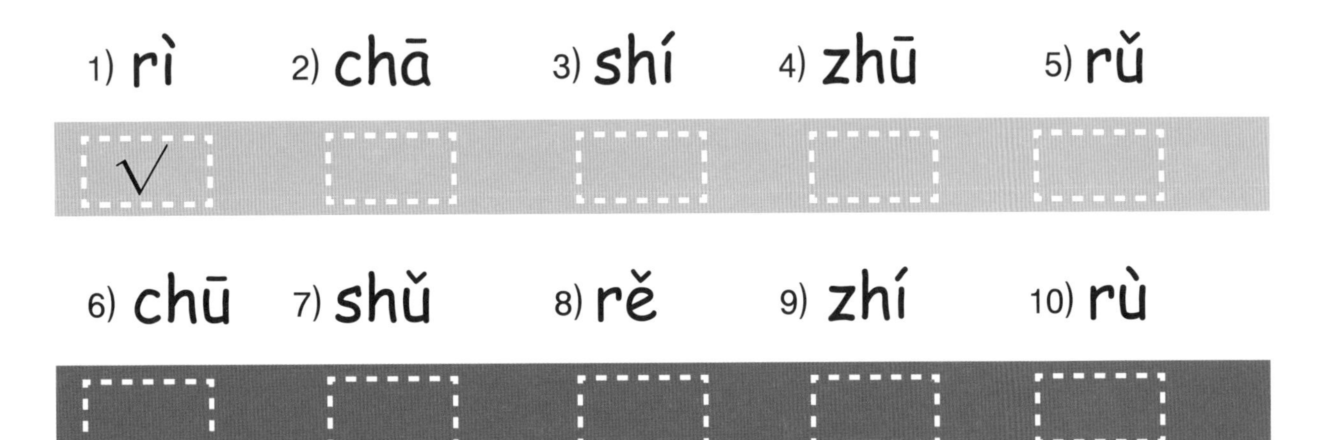

1) rì	2) chā	3) shí	4) zhū	5) rǔ
√				

6) chū	7) shǔ	8) rě	9) zhí	10) rù

4 Say the colours in Chinese.

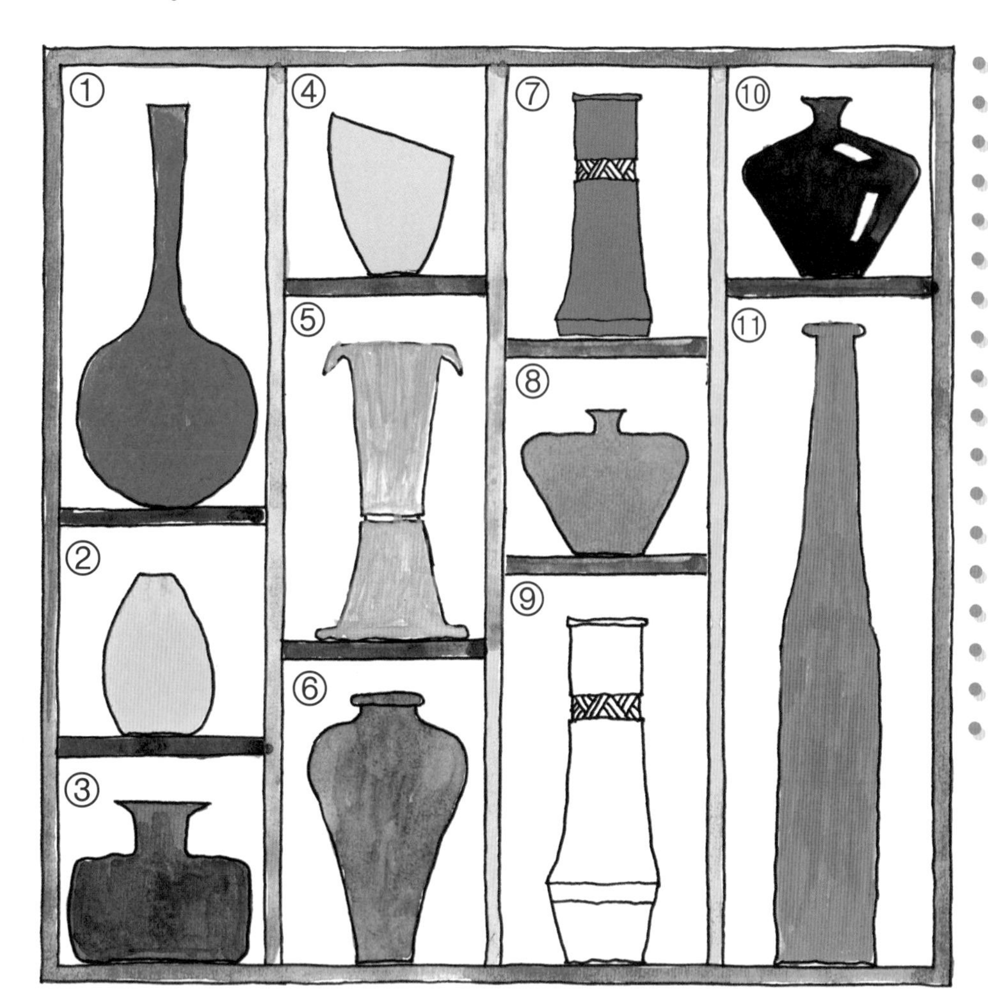

Extra words:

- ⓐ chéng sè 橙色 orange
- ⓑ lǜ sè 綠色 green
- ⓒ zōng sè 棕色 brown
- ⓓ fěn sè 粉色 pink
- ⓔ huī sè 灰色 grey
- ⓕ zǐ sè 紫色 purple

5 Game.

INSTRUCTIONS:

1. The whole class may join the game.
2. Those who do not say the right colour(s) are out of the game.

EXAMPLE:

cloud → bái sè

6 Listen, clap and practise. 39

qì qiú qì qiú shén me yán sè
氣球，氣球，什麼顏色？

hóng sè huáng sè lán sè bái sè
紅色、黃色、藍色、白色。

qì qiú qì qiú shén me yán sè
氣球，氣球，什麼顏色？

hóng huáng lán bái hēi sè
紅、黃、藍、白、黑色。

7 Ask your partner the questions.

nǐ jiào shén me míng zi
1) 你叫什麼名字？

nǐ jiā yǒu jǐ kǒu rén nǐ jiā yǒu shéi
2) 你家有幾口人？你家有誰？

nǐ jǐ suì
3) 你幾歲？

nǐ xǐ huan shén me yán sè
4) 你喜歡什麼顏色？

8 Learn the radicals.

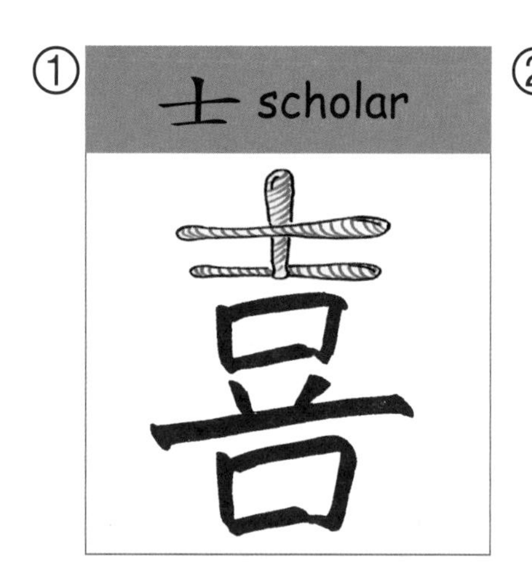

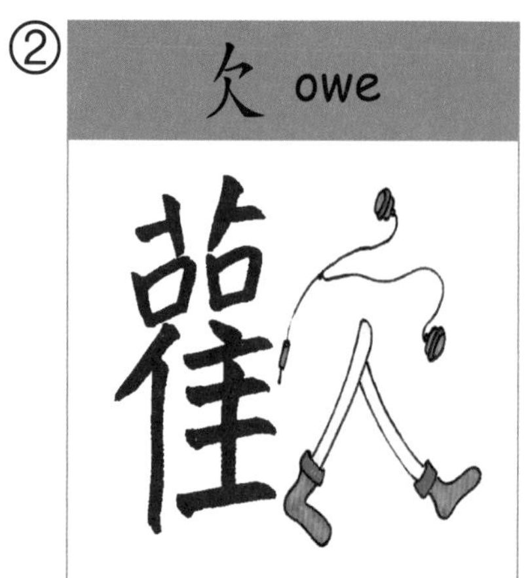

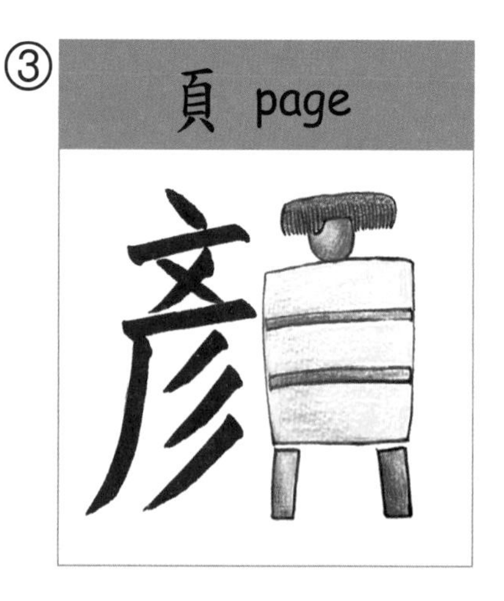

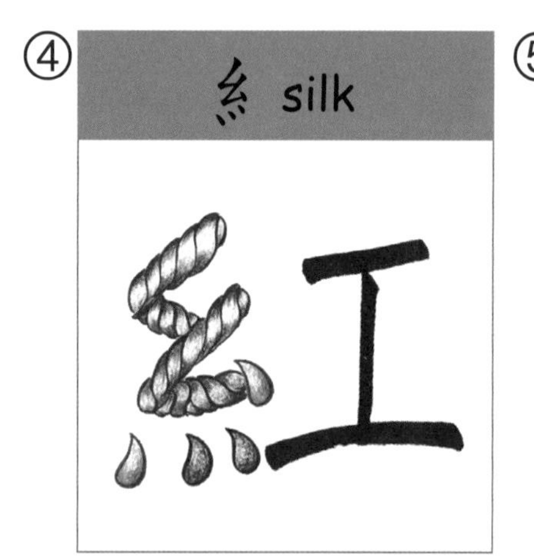

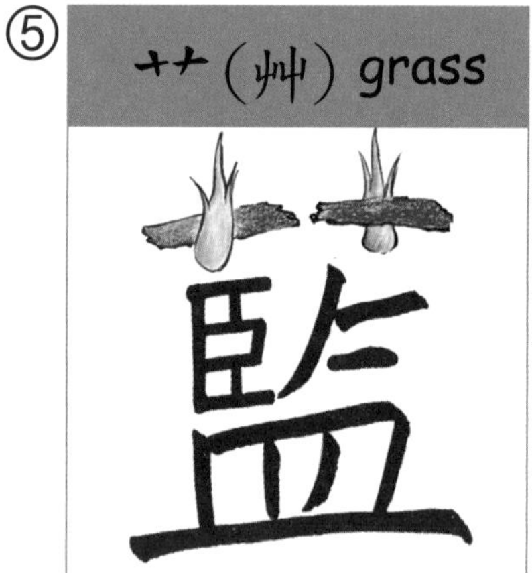

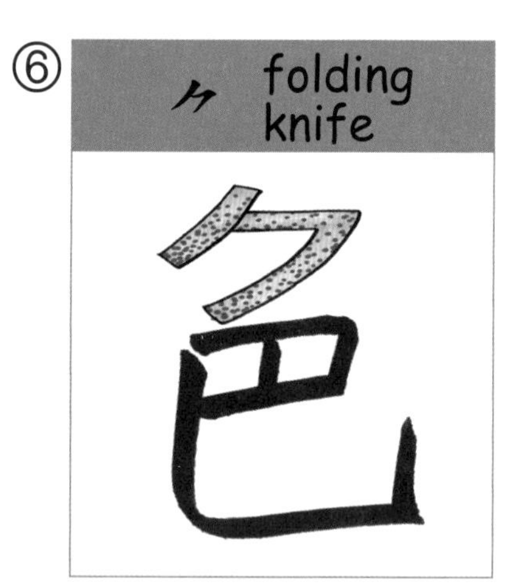

9 Read aloud the pinyin and say the meaning of each word.

1) xǐ huan	2) yán sè	3) nǐ zǎo	4) shén me
5) míng zi	6) zài jiàn	7) méi yǒu	8) èr shí
9) lán sè	10) bái sè	11) hēi sè	12) huáng sè

10 Colour in the pictures.

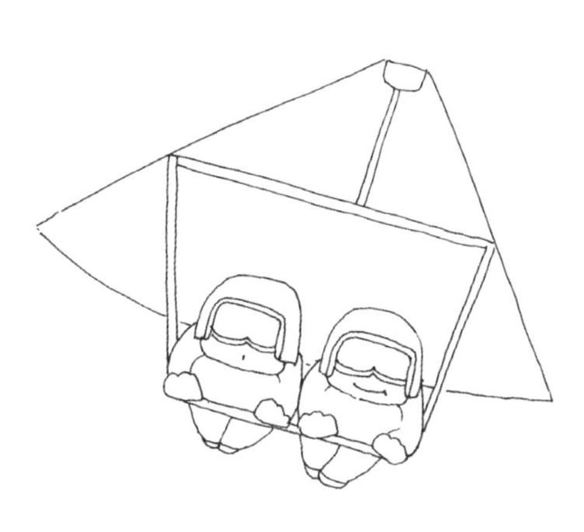

IT IS YOUR TURN!

1 Tell the class the colours used to colour in the pictures.

2 Draw what you like and colour it in.

11 Game.

INSTRUCTIONS:

1 The whole class may join the game.

2 Those who do not say the right thing(s) are out of the game.

EXAMPLE:

lǎo shī　hēi sè hé bái sè
老師：黑色和白色。

xué shēng
學生：Panda。

40

zhè shì wǒ men xué xiào de xiào fú nǚ shēng chuān
這是我們學校的校服。女生穿
bái sè de chèn shān hé lán sè de qún zi nán shēng chuān
白色的襯衫和藍色的裙子。男生穿
bái chèn shān hé lán kù zi
白襯衫和藍褲子。

New words: 

1. 這 (zhè) this
2. 是 (shì) is/are
3. 們 (men) a suffix (used to form a plural number)
   我們 (wǒ men) we; us
4. 學 (xué) school; study
5. 校 (xiào) school　　學校 (xué xiào) school
6. 的 (de) 's; of
7. 服 (fú) clothes　　校服 (xiào fú) school uniform
8. 女 (nǚ) female
9. 生 (shēng) student　　女生 (nǚ shēng) girl student
10. 穿 (chuān) wear
11. 襯 (chèn) liner
12. 衫 (shān) top (clothes)
    襯衫 (chèn shān) shirt
13. 裙 (qún) skirt
14. 子 (zi) a suffix　　裙子 (qún zi) skirt
15. 男 (nán) male　　男生 (nán shēng) boy student
16. 褲 (kù) trousers　　褲子 (kù zi) trousers

1 Say the colours in Chinese.

① 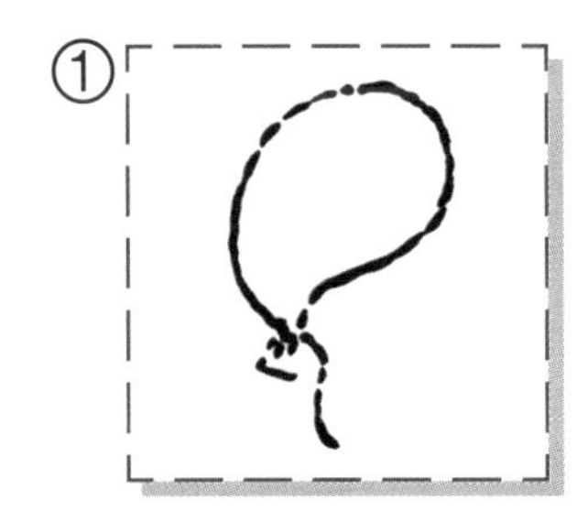

② 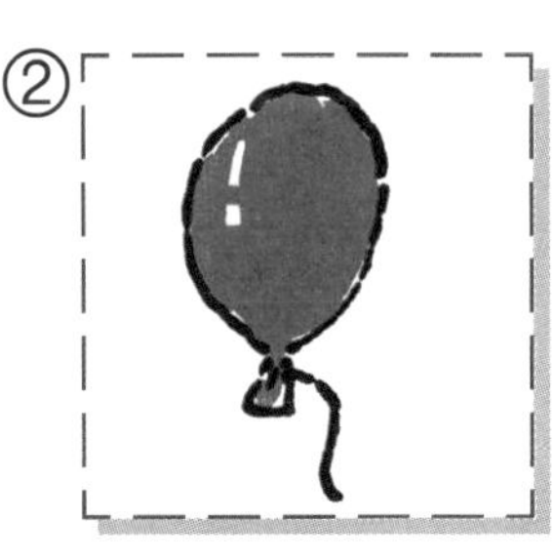

③ 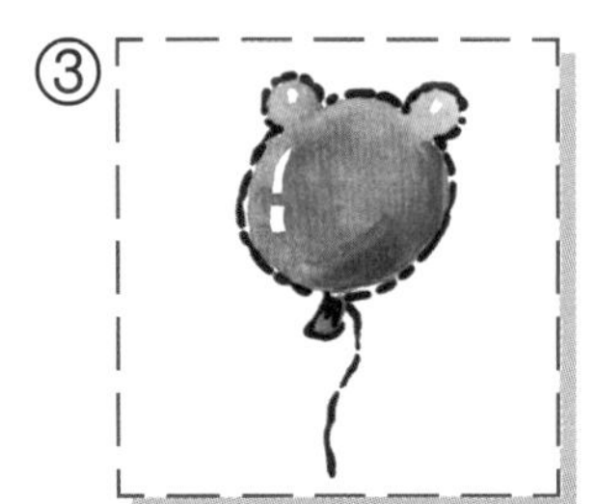

④ 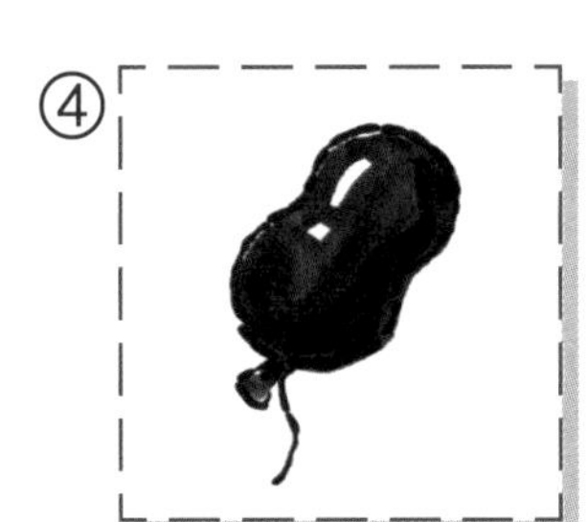

⑤ 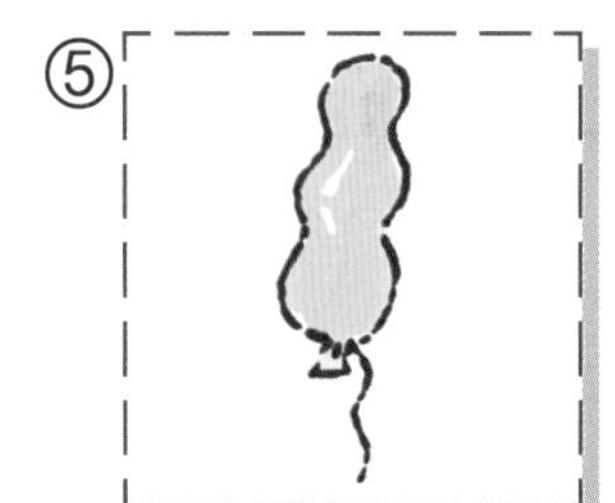

⑥ 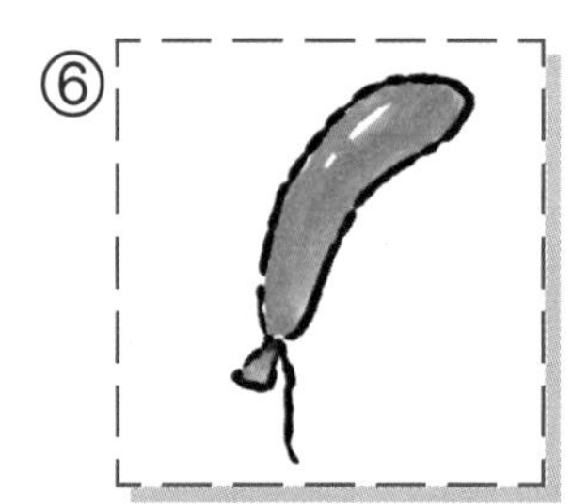

2 Learn the pinyin. 42

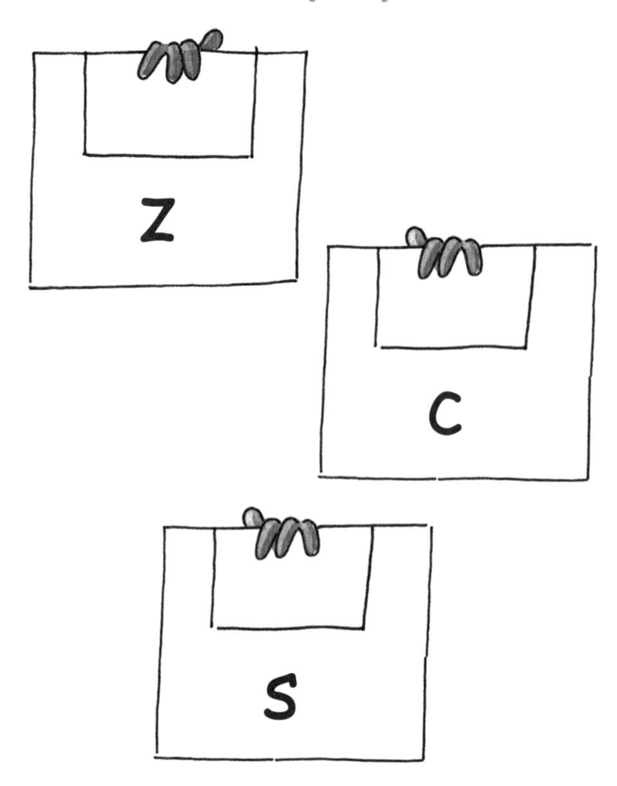

3 Read aloud.

1) zā	6) cā
2) cī	7) sì
3) sè	8) cí
4) zū	9) zé
5) sǐ	10) sù

4 Listen, clap and practise. 43

wǒ men chuān xiào fú　wǒ men chuān xiào fú
我們穿校服，我們穿校服，

nán shēng　nǚ shēng chuān xiào fú
男生、女生穿校服。

wǒ men chuān chèn shān　wǒ men chuān kù zi
我們穿襯衫，我們穿褲子，

chèn shān hé kù zi
襯衫和褲子。

wǒ men chuān chèn shān　wǒ men chuān qún zi
我們穿襯衫，我們穿裙子，

chèn shān hé qún zi
襯衫和裙子。

5 Listen to the recording. Tick what is true and cross what is false. 44

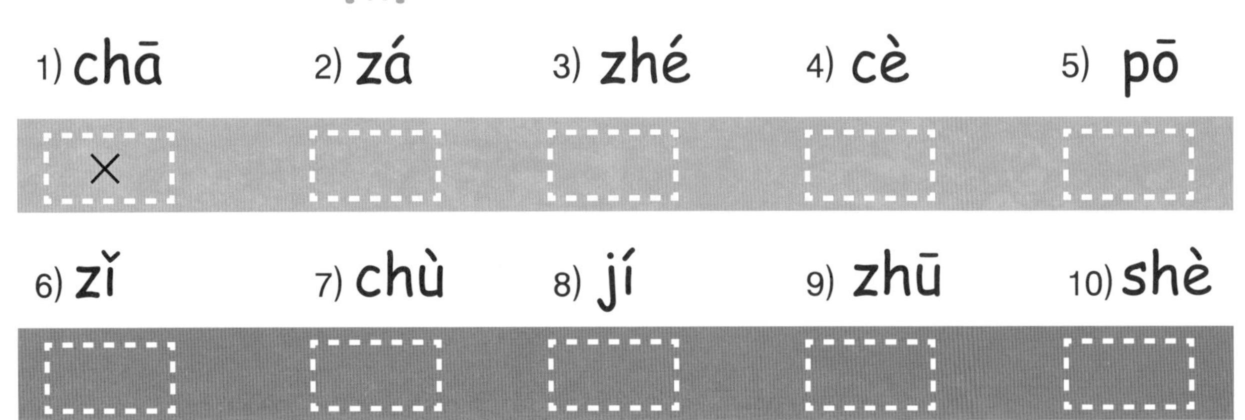

6 Say in Chinese.

Extra words:

- a 毛衣 (máo yī) sweater
- b 大衣 (dà yī) overcoat
- c T恤衫 (xù shān) T-shirt
- d 牛仔褲 (niú zǎi kù) jeans
- e 外套 (wài tào) coat

7 Learn the radicals.

① 

② 

③ 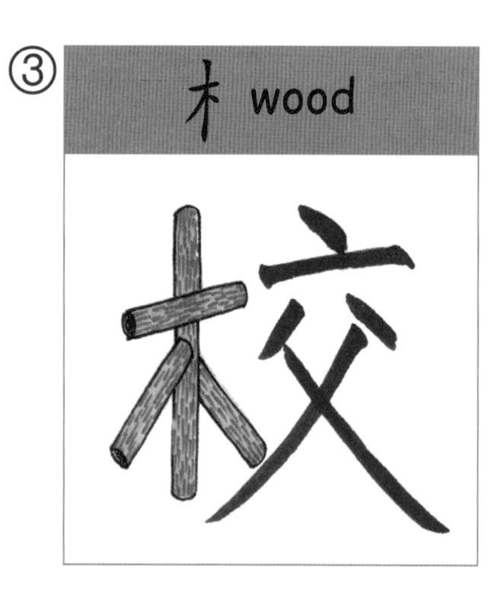

④ 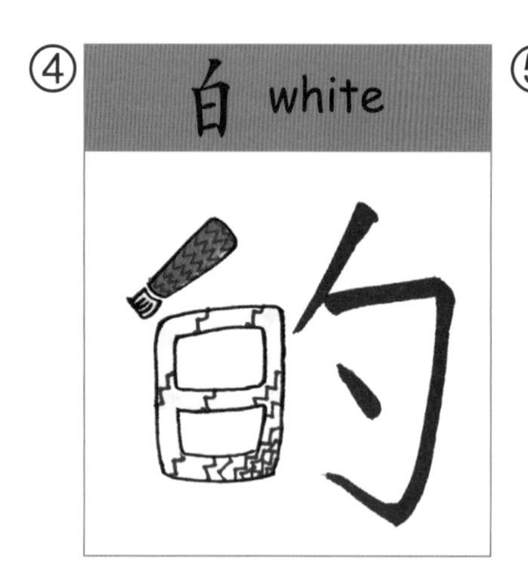

⑤ 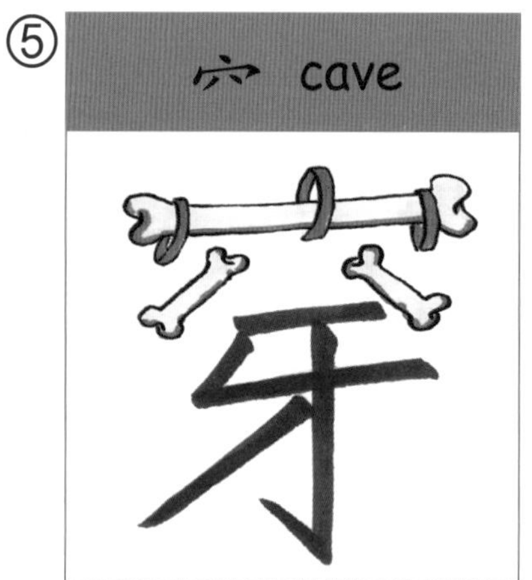

⑥ 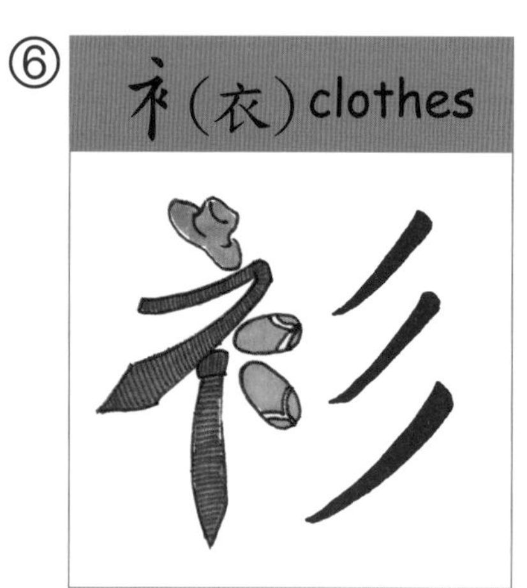

⑦ 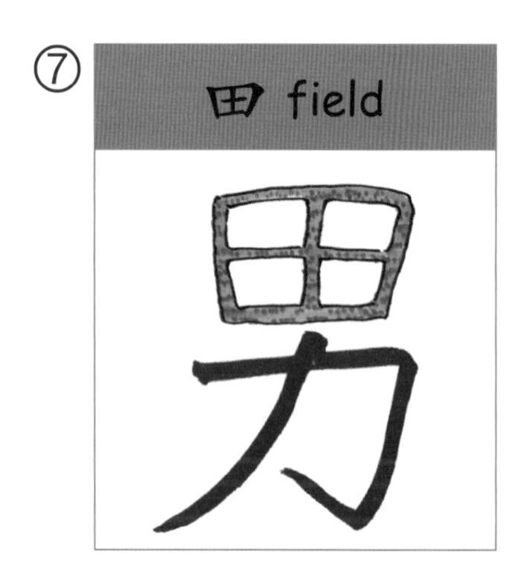

8 Game.

INSTRUCTIONS:

1. One student guesses if his/her classmate likes a certain colour.
2. His/her classmate either says "correct" or "incorrect".

EXAMPLE:

xué shēng　wáng tiān yī　xǐ huan hóng sè
學生1：王天一喜歡紅色。

wáng tiān yī　duì　bú duì　wǒ xǐ huan lán sè
王天一：對。（不對，我喜歡藍色。）
correct　incorrect

9 Say in Chinese.

10 Colour in the clothes and tell the class the colours used.

11 Game.

INSTRUCTIONS:

1. The class is divided into small groups.
2. The cards prepared by the teacher have nothing but characters on them.
3. Each group is asked to write pinyin with the correct tone for each character.

EXAMPLE: 褲 kù

1) 色	2) 和	3) 女
4) 喜	5) 爸	6) 我
7) 弟	8) 字	9) 你

12 Draw the clothes your teachers are wearing today and then colour them in. Give a report to the class.

Your Chinese teacher:

2 Your music teacher:

45

wǒ yǒu yí ge jiě jie tā
我有一個姐姐。她
bú pàng bú shòu tā yǒu dà dà
不胖不瘦。她有大大
de yǎn jing gāo gāo de
的眼睛、高高的
bí zi hé xiǎo xiǎo de zuǐ
鼻子和小小的嘴
ba wǒ hé jiě jie dōu
巴。我和姐姐都
yǒu cháng tóu fa
有長頭髮。

New words: 46

1	姐 (姐) jiě (jie)	elder sister	
2	她 tā	she; her	
3	胖 pàng	chubby; fat	
4	瘦 shòu	thin; slim	
5	大 dà	big	
6	眼 yǎn	eye	
7	睛 jīng	eyeball	眼睛 yǎn jing — eye
8	高 gāo	tall; high	
9	鼻 bí	nose	鼻子 bí zi — nose
10	小 xiǎo	small; little	
11	嘴 zuǐ	mouth	
12	巴 ba	a suffix	嘴巴 zuǐ ba — mouth
13	都 dōu	both; all	
14	長 cháng	long	
15	頭 tóu	head	
16	髮 fà	hair	頭髮 tóu fa — hair

1 Learn the pinyin. 47

2 Read aloud.

1)	yā	yá	yǎ	yà
2)	yī	yí	yǐ	yì
3)	wā	wá	wǎ	wà
4)	wū	wú	wǔ	wù

3 Speaking practice.

EXAMPLE:

tā de liǎn
他的臉
yuán yuán de tā
圓圓的。他
de shǒu xiǎo xiǎo
的手小小
de tā de jiǎo xiǎo xiǎo de tā
的。他的腳小小的。他
de tóu fa duǎn duǎn de
的頭髮短短的。

Extra words:

- ⓐ ěr duo 耳朵 ear
- ⓑ liǎn 臉 face
- ⓒ shǒu 手 hand
- ⓓ jiǎo 腳 foot
- ⓔ duǎn 短 short (in length)
- ⓕ yuán 圓 round

IT IS YOUR TURN!

Describe one of your classmates and let the rest of the class guess who he/she is.

4 Learn the radicals.

① 

② 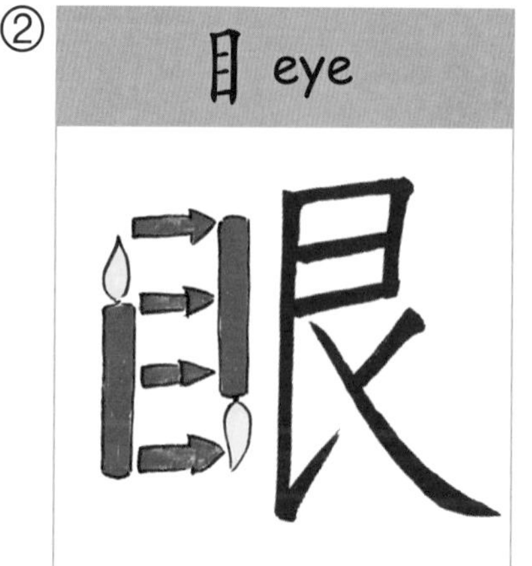

③ 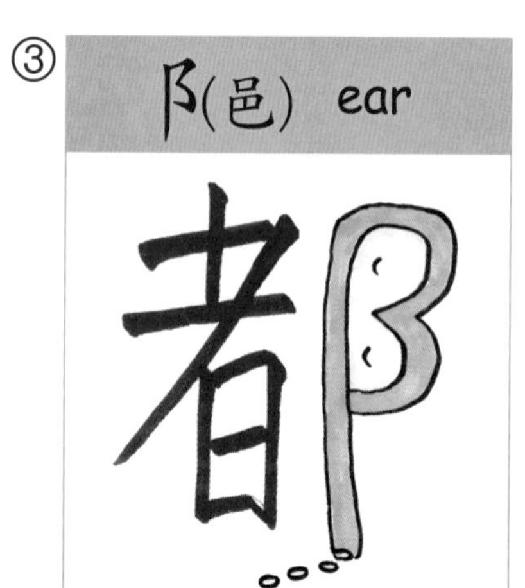

5 Listen, clap and practise. 48

jiě jie de yǎn jing dà
姐姐的眼睛大，

mèi mei de zuǐ ba xiǎo
妹妹的嘴巴小，

mā ma de bí zi jiān
媽媽的鼻子尖，

bà ba de tóu fa shǎo
爸爸的頭髮少。

6 Read aloud the sentences. Then say the meaning of each sentence.

jiě jie gāo gāo de shòu shòu de tā xǐ huan chuān qún zi
1) 姐姐/高高的，/瘦瘦的。/她喜歡/穿/裙子。

dì di pàng pàng de tā de yǎn jing xiǎo xiǎo de ěr duo dà dà de
2) 弟弟/胖胖的。/他的眼睛/小小的，/耳朵/大大的。

bà ba gao gao de pàng pàng de tā de tóu fa duǎn duǎn de
3) 爸爸/高高的，/胖胖的。/他的頭髮/短短的。

mā ma bú pàng bú shòu tóu fa bù cháng
4) 媽媽/不胖不瘦，/頭髮/不長。

7 Listen to the recording. Tick what is true and cross what is false. 49

8 Game.

INSTRUCTIONS:

1 Two students are asked to go to the front of the class.

2 One describes his/her mother or father, and the other draws on the board according to the description.

3 Let the rest of the class judge whether the drawing is accurate or not.

9 Speaking practice.

EXAMPLE:

tā bù gāo tā de yǎn jing xiǎo xiǎo de tā de zuǐ ba dà dà de tā de tóu fa duǎn duǎn de

他不高。他的眼睛小小的。他的嘴巴大大的。他的頭髮短短的。

①

②

③

10 Ask your partner the questions.

1) nǐ jiào shén me míng zì
你叫什麼名字？

2) nǐ jǐ suì
你幾歲？

3) nǐ jiā yǒu jǐ kǒu rén
你家有幾口人？

4) nǐ yǒu jiě jie ma
你有姐姐嗎？

5) nǐ yǒu dì di ma
你有弟弟嗎？

6) nǐ xǐ huan shén me yán sè
你喜歡什麼顏色？

11 Make short conversations.

12 Speaking practice.

EXAMPLE:

zhè shì wǒ de yì
這是我的一
jiā wǒ jiā yǒu sì kǒu
家。我家有四口
rén bà ba mā ma dì
人：爸爸、媽媽、弟
di hé wǒ wǒ bà ba
弟和我。我爸爸
sān shí wǔ suì wǒ mā ma sān shí èr suì wǒ dì di sān
三十五歲。我媽媽三十二歲。我弟弟三
suì wǒ wǔ suì
歲。我五歲。

wǒ bà ba bù gāo tā yǒu dà dà de yǎn jing hé xiǎo xiǎo
我爸爸不高。他有大大的眼睛和小小
de zuǐ ba tā de tóu fa bù cháng wǒ mā ma
的嘴巴。他的頭髮不長。我媽媽……

IT IS YOUR TURN! Bring a family photo with you and describe each family member to the class.

13 Say the numbers in Chinese.

yī èr sān shí
1) 一、二、三、……………………十

shí èr shí sān shí sì èr shí
2) 十二、十三、十四、………………二十

50

guān wén wen　nǐ xǐ huan dòng wù ma
關文文：你喜歡動物嗎？

wáng tiān yī　hěn xǐ huan　wǒ xǐ huan gǒu māo hé mǎ
王天一：很喜歡。我喜歡狗、貓和馬。

guān wén wen　nǐ jiā li yǎng chǒng wù ma
關文文：你家裏養寵物嗎？

wáng tiān yī　yǎng　wǒ yǎng le wǔ tiáo yú
王天一：養。我養了五條魚。

New words: 51

1. 動 (dòng) move
2. 物 (wù) creature　動物 (dòng wù) animal
3. 很 (hěn) very
4. 狗 (gǒu) dog
5. 貓 (māo) cat
6. 馬 (mǎ) horse
7. 裏 (lǐ) inside
8. 養 (yǎng) raise
9. 寵 (chǒng) spoil　寵物 (chǒng wù) pet
10. 了 (le) a particle
11. 條 (tiáo) a measure word (used for narrow or thin and long items)
12. 魚 (yú) fish

1 Learn the pinyin. 52

2 Read aloud.

1) bāi	bái	bǎi	bài
2) cāi	cái	cǎi	cài
3) fēi	féi	fěi	fèi
4) lēi	léi	lěi	lèi
5) huī	huí	huǐ	huì

3 Say in Chinese.

Extra words:

- ⓐ 鳥 (niǎo) bird
- ⓑ 大象 (dà xiàng) elephant
- ⓒ 老虎 (lǎo hǔ) tiger
- ⓓ 獅子 (shī zi) lion
- ⓔ 烏龜 (wū guī) tortoise

4 Listen, clap and practise. 53

xiǎo huā gǒu wāng wāng wāng
小花狗"汪、汪、汪",

xiǎo huā māo miāo miāo miāo
小花貓"喵、喵、喵"。

xiǎo yúr zài shuǐ zhōng yóu
小魚兒在水中游,

xiǎo mǎr zài dì shang pǎo
小馬兒在地上跑。

5 Learn the radicals.

① 力 strength

動

② 牛(牛) cow

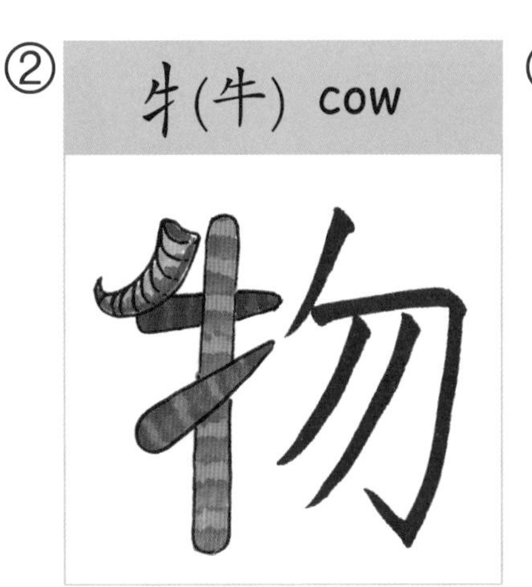

③ 彳 two people

④ 犭(犬) animal

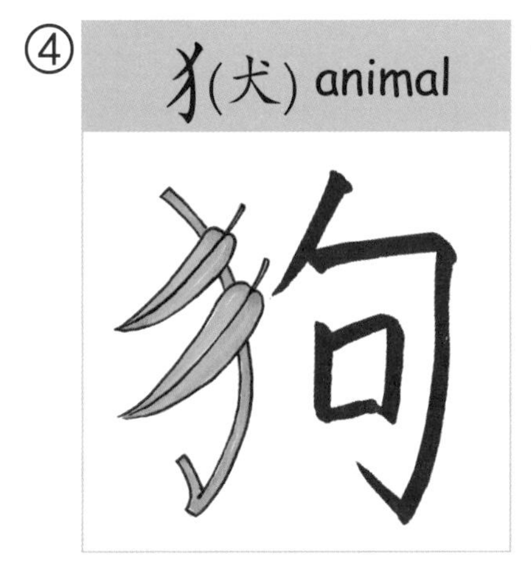

⑤ 月(肉) flesh

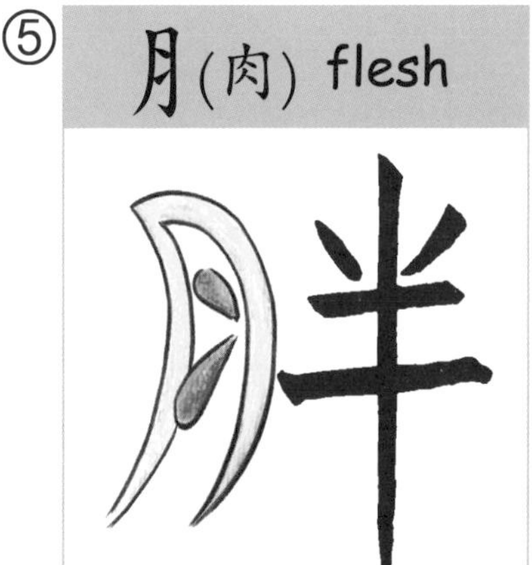

6 Find the radical. Then say its meaning.

1) 瘦 (shòu) → 疒 sickness

2) 很 (hěn) →

______

3) 褲 (kù) →
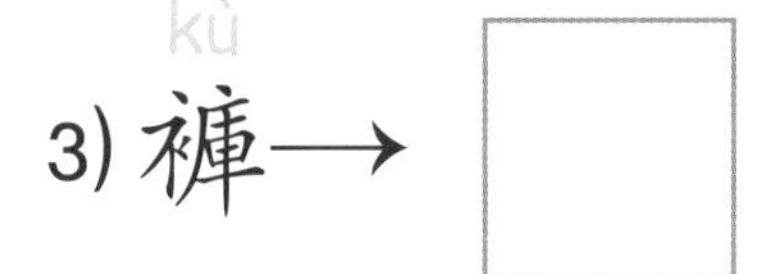
______

4) 穿 (chuān) →
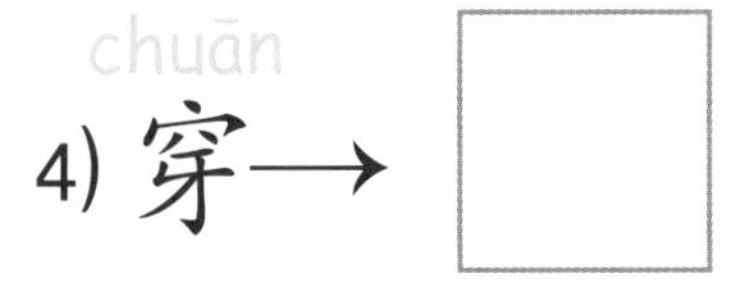
______

5) 都 (dōu) → ______

6) 校 (xiào) →
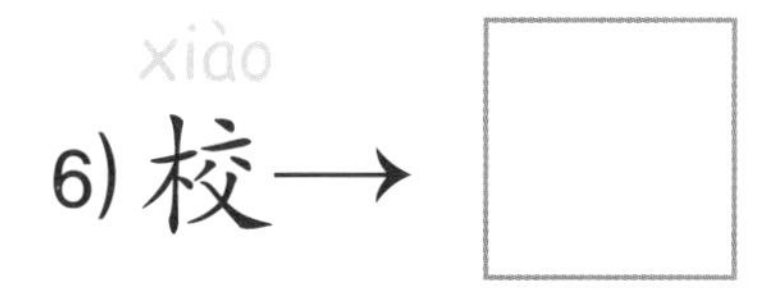
______

7 Say in Chinese.

8 Draw an animal and say what it looks like.

EXAMPLE:

tā yǒu dà dà de yǎn jing
牠有大大的眼睛、
xiǎo xiǎo de bí zi hé xiǎo xiǎo de zuǐ
小小的鼻子和小小的嘴
ba tā yǒu zōng sè de máo
巴。牠有 棕色的毛。

9 Listen to the recording. Choose the correct pictures. 54

① 

② 

③ 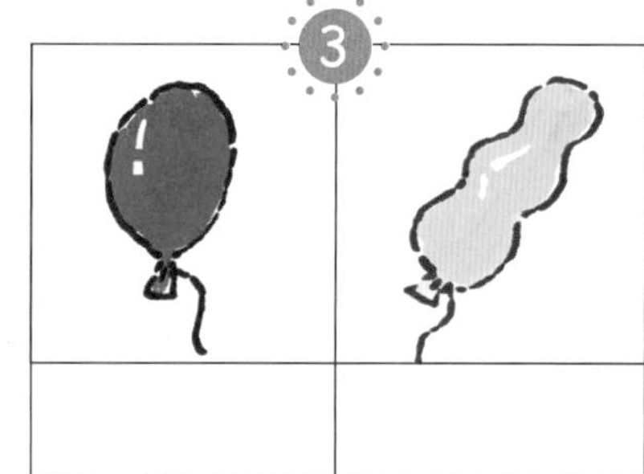

④ 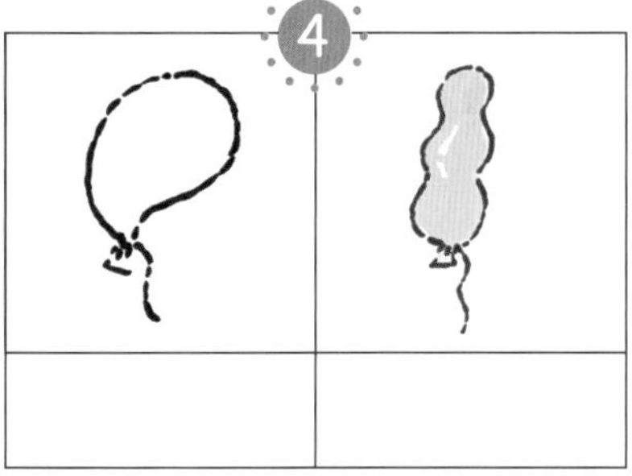

⑤ 

⑥ 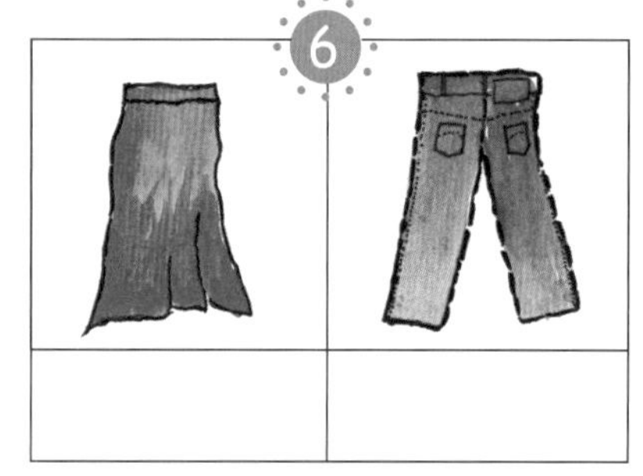

10 Game.

INSTRUCTIONS:

1 The class is divided into small groups.

2 Each group is asked to find the other half to make a character.

a) 犭　b) 冖　c) 目　d) 彳　e) 牜　f) 阝

① 句　② 者　③ 艮　④ 勿　⑤ 龍　⑥ 青

11 Make short conversations.

①

②

③

④

⑤

⑥

⑦

⑧

⑨

12 Say the numbers in Chinese.

1) 十(shí)、十一(shí yī)、……二十(èr shí)

2) 二十二(èr shí èr)、二十三(èr shí sān)、……三十(sān shí)

13 Game.

INSTRUCTIONS:

1 The class is divided into small groups.

2 Each group reads out the pinyin correctly after some practice.

1) chuī	2) cuī	3) děi	4) dǎi	5) duī	6) zhǎi
7) shéi	8) shuí	9) zǎi	10) guī	11) ruì	12) rù

14 Count the strokes of each character.

1) gǒu 狗 8
2) yǎng 養 ______
3) mǎ 馬 ______
4) wù 物 ______
5) zuǐ 嘴 ______
6) bí 鼻 ______
7) yú 魚 ______
8) cháng 長 ______
9) men 們 ______
10) dòng 動 ______
11) māo 貓 ______
12) hěn 很 ______

dì shí èr kè
第十二課

shuǐ guǒ hé shū cài
水果和蔬菜

guān wén wen　　nǐ měi tiān dōu chī shuǐ guǒ ma
關文文：你每天都吃水果嗎？

wáng tiān yī　　wǒ měi tiān dōu chī píng guǒ hé xiāng jiāo
王天一：我每天都吃蘋果和香蕉。

guān wén wen　　nǐ xǐ huan chī shén me shū cài
關文文：你喜歡吃什麼蔬菜？

wáng tiān yī　　hú luó bo hé huáng guā
王天一：胡蘿蔔和黃瓜。

New words: 56

1. měi 每 every　měi tiān 每天 every day
2. chī 吃 eat
3. shuǐ 水 water
4. guǒ 果 fruit　shuǐ guǒ 水果 fruit
5. píng guǒ 蘋果 apple
6. xiāng 香 fragrant
7. jiāo 蕉 broadleaf plants
   xiāng jiāo 香蕉 banana
8. shū 蔬 vegetable
9. cài 菜 vegetable
   shū cài 蔬菜 vegetable
10. hú 胡 not native
11. luó bo 蘿蔔 raddish; turnip
    hú luó bo 胡蘿蔔 carrot
12. guā 瓜 melon　huáng guā 黃瓜 cucumber

1 Say in Chinese.

①

蘋果

②

香蕉

③

胡蘿蔔

④

黃瓜

⑤

狗

⑥

貓

⑦

魚

⑧

馬

⑨

裙子

⑩

褲子

2 Learn the pinyin. 57

3 Read aloud.

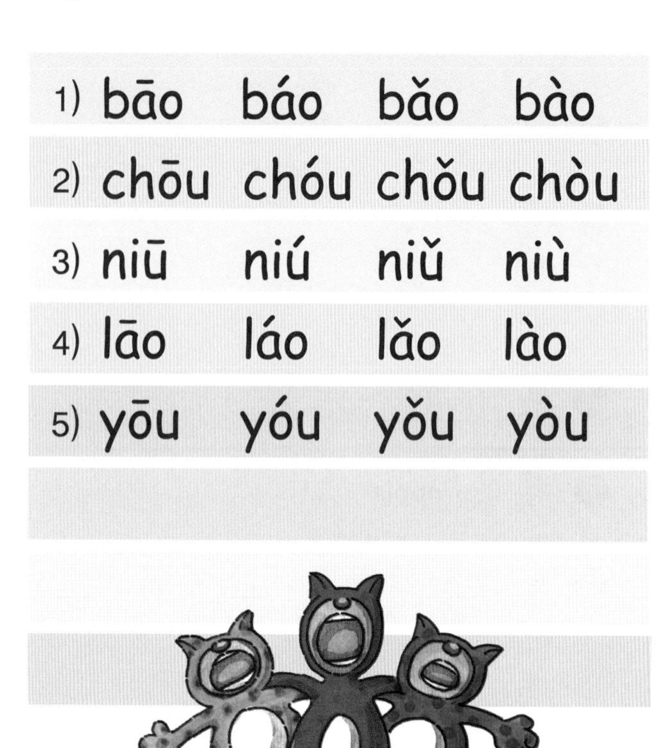

1)	bāo	báo	bǎo	bào
2)	chōu	chóu	chǒu	chòu
3)	niū	niú	niǔ	niù
4)	lāo	láo	lǎo	lào
5)	yōu	yóu	yǒu	yòu

4 Listen to the recording. Tick what is true and cross what is false. 58

1) hǎo	2) tōu	3) miù	4) zǎo	5) pǎo
√				

6) qiū	7) dào	8) sōu	9) róu	10) shào

5 Say in Chinese.

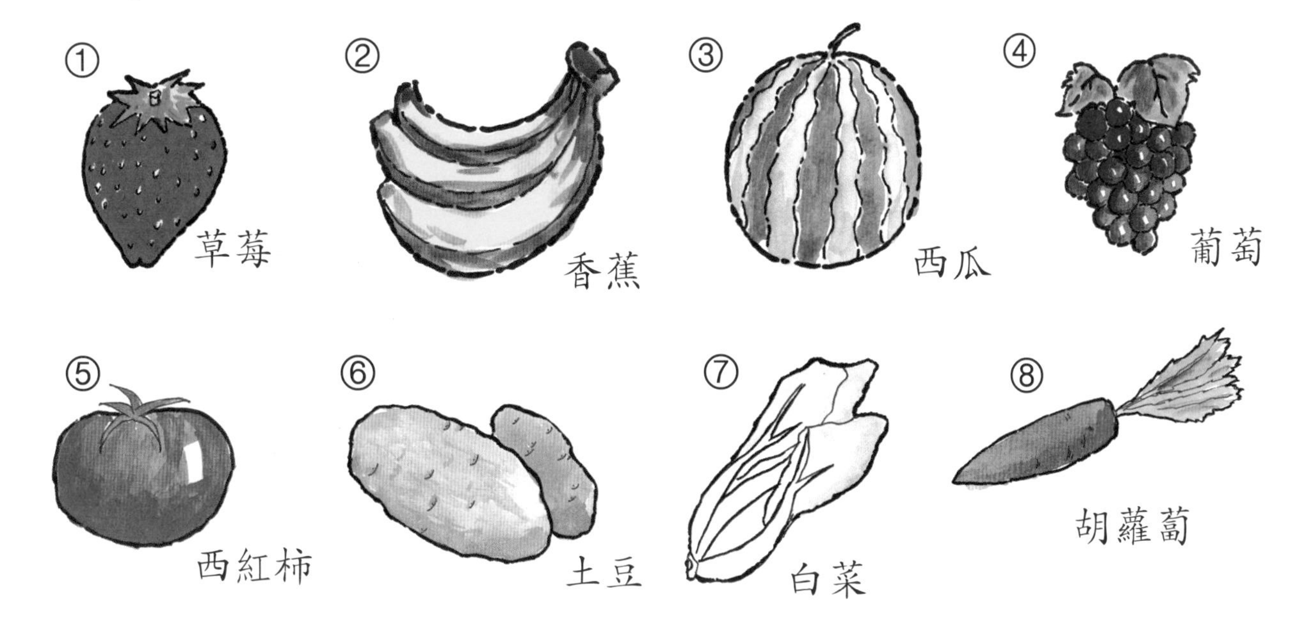

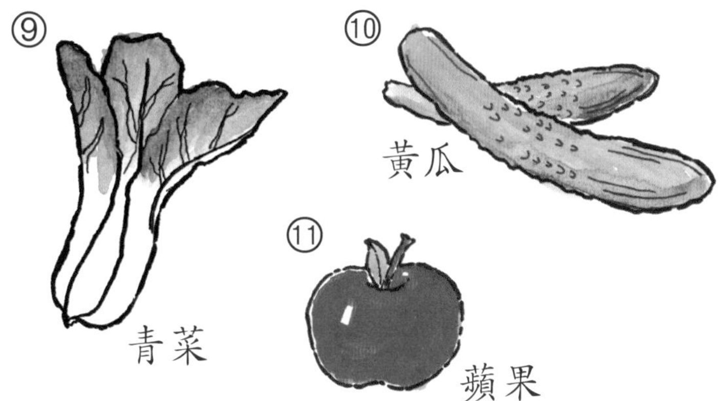

Extra words:

- ⓐ 葡萄 (pú tao) grape
- ⓑ 草莓 (cǎo méi) strawberry
- ⓒ 西瓜 (xī guā) watermelon
- ⓓ 西紅柿 (xī hóng shì) tomato
- ⓔ 土豆 (tǔ dòu) potato
- ⓕ 白菜 (bái cài) Chinese cabbage
- ⓖ 青菜 (qīng cài) bok choy

6 Learn the radical.

7 Listen, clap and practise. 59

chī shuǐ guǒ chī shuǐ guǒ
吃水果，吃水果，

chī le xiāng jiāo chī píng guǒ
吃了香蕉吃蘋果。

chī shū cài chī shū cài
吃蔬菜，吃蔬菜，

chī le huáng guā chī luó bo
吃了黃瓜吃蘿蔔。

8 Game.

INSTRUCTIONS:
The teacher says one thing in Chinese, the students say the colour(s).

EXAMPLE:

lǎo shī píng guǒ
老師：蘋果

xué shēng hóng sè
學生1：紅色

xué shēng huáng sè
學生2：黃色

9 Say the numbers in Chinese.

sì shí yī sì shí èr wǔ shí
1) 四十一、四十二、……………………五十

wǔ shí èr wǔ shí sān liù shí
2) 五十二、五十三、……………………六十

10 Listen to the recording. Choose the correct pictures. 60

①

√

②

③
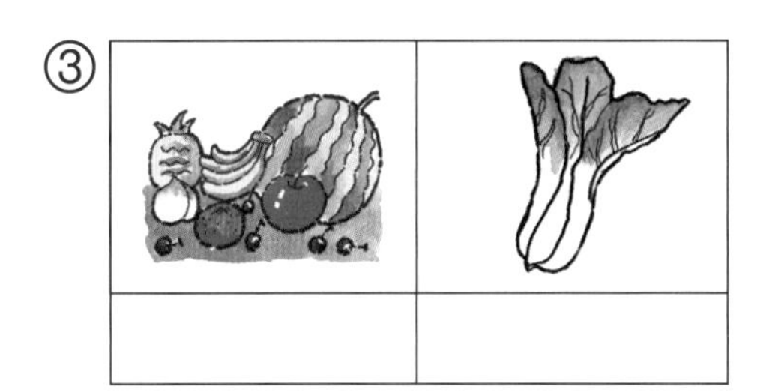

④

⑤

⑥
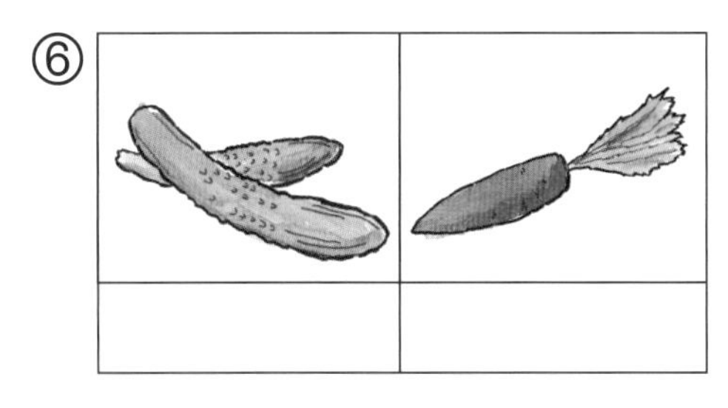

11 Ask your partner the questions.

nǐ xǐ huan chuān xiào fú ma
1) 你喜歡 穿 校服嗎?

nǐ xǐ huan lán sè ma
2) 你喜歡藍色嗎?

nǐ xǐ huan hóng sè ma
3) 你喜歡 紅 色嗎?

nǐ xǐ huan yǎng yú ma
4) 你喜歡 養魚嗎?

nǐ xǐ huan yǎng māo ma
5) 你喜歡 養 貓嗎?

nǐ xǐ huan yǎng gǒu ma
6) 你喜歡 養狗嗎?

nǐ xǐ huan chī píng guǒ ma
7) 你喜歡吃蘋 果嗎?

nǐ xǐ huan chī xiāng jiāo ma
8) 你喜歡吃 香 蕉嗎?

nǐ xǐ huan chī huáng guā ma
9) 你喜歡吃 黃 瓜嗎?

nǐ xǐ huan chī hú luó bo ma
10) 你喜歡吃胡蘿蔔嗎?

12 **Draw a fruit or vegetable that has the colour(s) given. Colour in the pictures.**

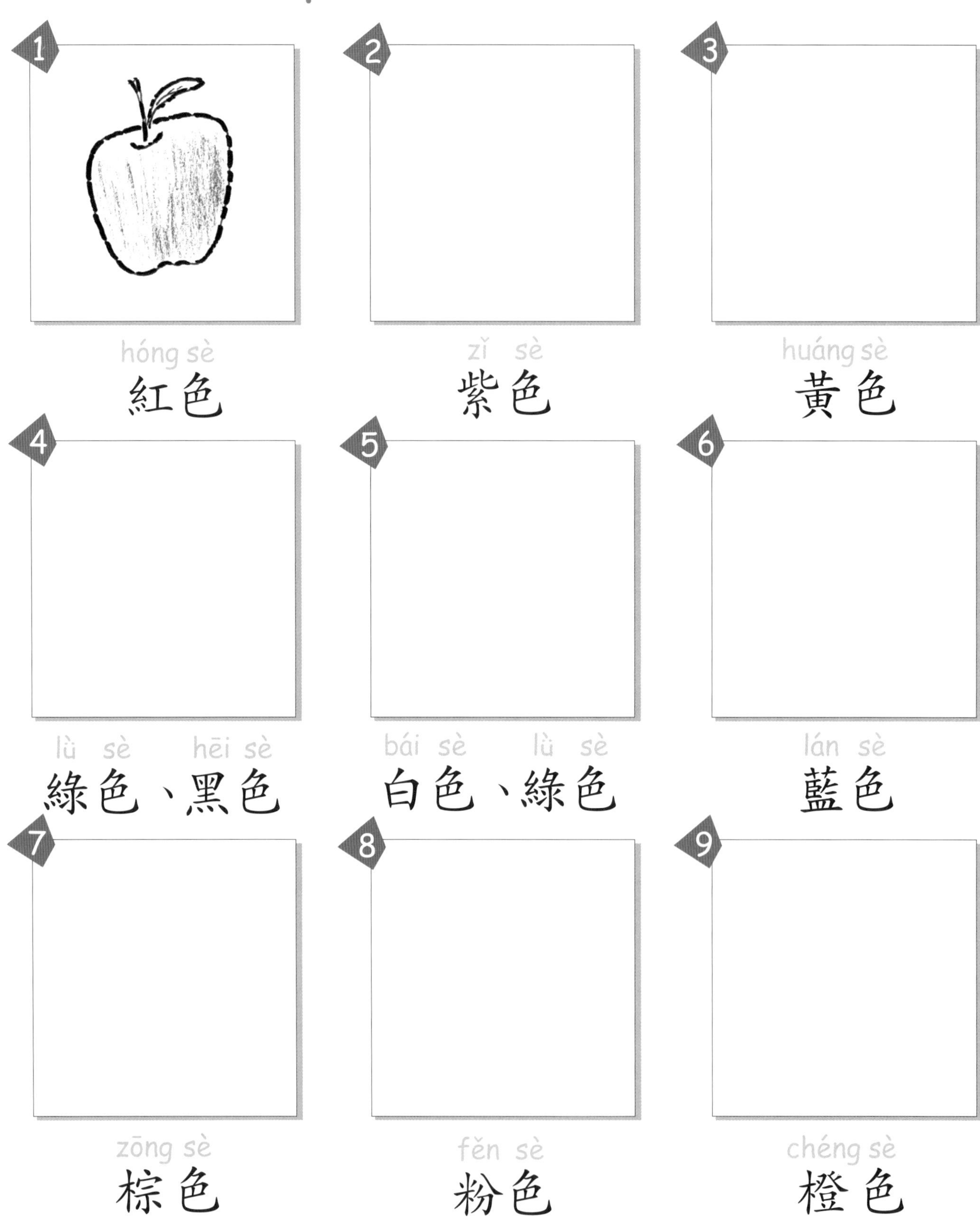

13 Read aloud the sentences. Then say the meaning of each sentence.

mā ma / měi tiān dōu / chī / yí ge píng guǒ
1) 媽媽 / 每天都 / 吃 / 一個蘋果。

mèi mei / bù xǐ huan / chī / yú
2) 妹妹 / 不喜歡 / 吃 / 魚。

tā / hěn xǐ huan / chī / huángguā
3) 她 / 很喜歡 / 吃 / 黄瓜。

dì di / xǐ huan / yǎng yú
4) 弟弟 / 喜歡 / 養魚。

14 Game.

INSTRUCTIONS:
The teacher whispers a word to one student. The word is whispered along to the last student who repeats out loud what he/she heard.

15 Read aloud the words and say their meanings.

shuǐ guǒ 1) 水果	zài jiàn 2) 再見	míng zi 3) 名字	xǐ huan 4) 喜歡	huáng guā 5) 黄瓜
nánshēng 6) 男生	yǎn jing 7) 眼睛	shū cài 8) 蔬菜	qún zi 9) 裙子	měi tiān 10) 每天
tóu fa 11) 頭髮	xiào fú 12) 校服	yán sè 13) 顏色	kù zi 14) 褲子	hēi māo 15) 黑貓

wáng tiān yī　　nǐ xǐ huan chī shén me
王天一：你喜歡吃什麼？

guān wén wen　　wǒ xǐ huan chī kuài cān
關文文：我喜歡吃快餐

wǒ xǐ huan chī rè gǒu
我喜歡吃熱狗

hé hàn bǎo bāo
和漢堡包。

wáng tiān yī　　nǐ xǐ huan hē shén me
王天一：你喜歡喝什麼？

guān wén wen　　wǒ xǐ huan hē kě lè
關文文：我喜歡喝可樂

hé guǒ zhī
和果汁。

wáng tiān yī　　nǐ xǐ huan chī shén me líng shí
王天一：你喜歡吃什麼零食？

guān wén wen　　táng guǒ
關文文：糖果。

New words: 62

❶ 快 (kuài) fast

❷ 餐 (cān) food; meal

快餐 (kuài cān) fast-food

❸ 熱 (rè) hot　熱狗 (rè gǒu) hotdog

❹ 漢堡 (hàn bǎo) Hamburg, a city in Germany

❺ 包 (bāo) bag

漢堡包 (hàn bǎo bāo) hamburger

❻ 喝 (hē) drink

❼ 可樂 (kě lè) coke

❽ 汁 (zhī) juice　果汁 (guǒ zhī) juice

❾ 零 (líng) bits and pieces

❿ 食 (shí) food　零食 (líng shí) snacks

⓫ 糖 (táng) sugar; sweets

糖果 (táng guǒ) sweets; candy

1 Learn the pinyin. 63

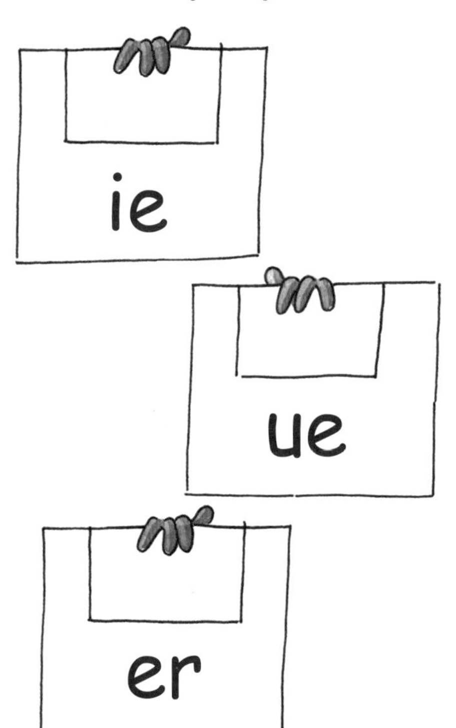

2 Read aloud.

1)	biē	bié	biě	biè
2)	jiē	jié	jiě	jiè
3)	quē	qué	—	què
4)	xuē	xué	xuě	xuè
5)	—	ér	ěr	èr

3 Listen to the recording and circle the correct pinyin. 64

1	biē	diē	5	zuǐ	zhuǐ
2	èr	è	6	bō	pō
3	jué	qué	7	gǎi	gěi
4	xuě	shuǐ	8	miè	mèi

4 Learn the radicals.

①
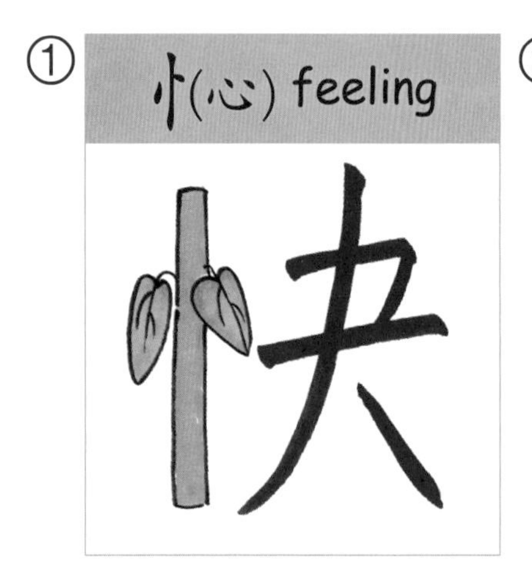

②
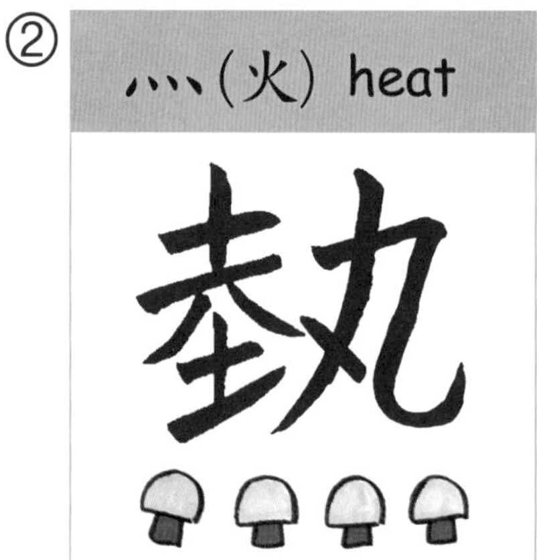

③

④
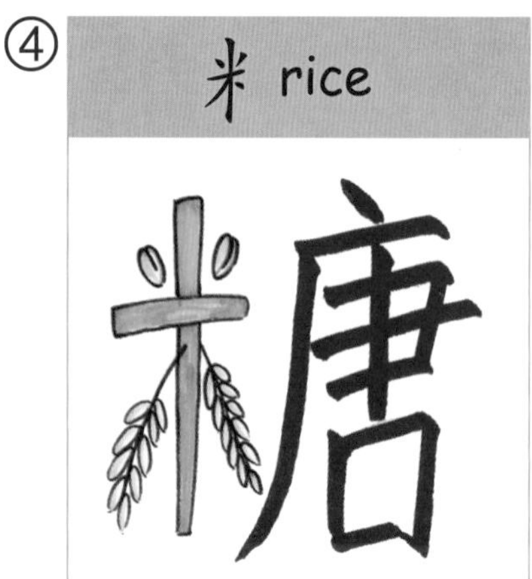

5 Listen, clap and practise. 65

rè gǒu　rè gǒu　hàn bǎo bāo
熱狗、熱狗、漢堡包，
wǒ zuì ài chī hàn bǎo bāo
我最愛吃漢堡包。
kě lè　kě lè　píng guǒ zhī
可樂、可樂、蘋果汁，
wǒ zuì ài hē píng guǒ zhī
我最愛喝蘋果汁。

6 Read aloud the sentences. Then say the meaning of each sentence.

1) wǒ jiā / yǒu / liù kǒu rén
我家 / 有 / 六口人。

2) hàn bǎo bāo / hěn hǎo chī
漢堡包 / 很好吃。

3) bà ba / xǐ huan / hēi sè
爸爸 / 喜歡 / 黑色。

4) kuài cān / bù hǎo chī
快餐 / 不好吃。

5) mèi mei / měi tiān / dōu / chī / táng guǒ
妹妹 / 每天 / 都 / 吃 / 糖果。

7 Say the numbers in Chinese.

1) wǔ shí　wǔ shí yī　……　liù shí
五十、五十一、……六十

2) liù shí èr　liù shí sān　……　qī shí
六十二、六十三、……七十

8 Say in Chinese.

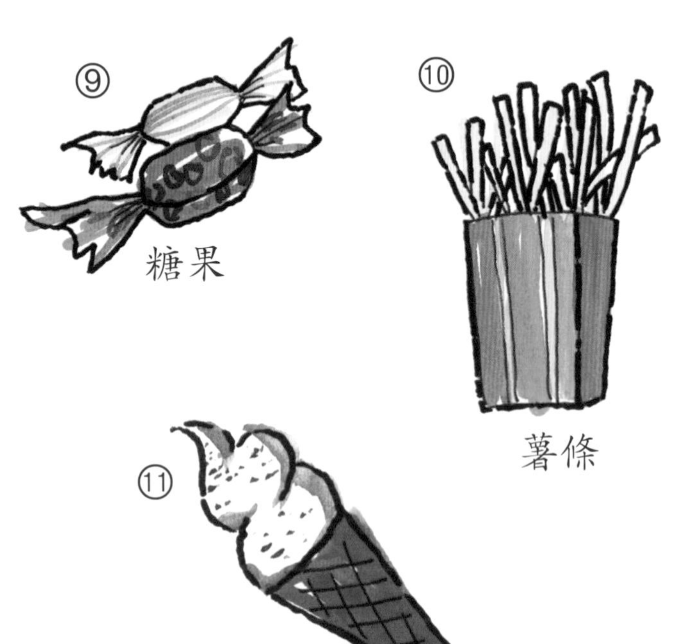

Extra words:

- ⓐ 三明治 (sān míng zhì) sandwich
- ⓑ 薯條 (shǔ tiáo) French fries
- ⓒ 薯片 (shǔ piàn) crisps
- ⓓ 麪包 (miàn bāo) bread
- ⓔ 巧克力 (qiǎo kè lì) chocolate
- ⓕ 冰淇淋 (bīng qí lín) ice-cream

9 Ask your classmates the questions.

Questions	xué shēng 學生1	xué shēng 學生2
nǐ xǐ huan chī rè gǒu ma 1) 你喜歡吃熱狗嗎？	xǐ huan 喜歡	
nǐ xǐ huan chī hàn bǎo bāo ma 2) 你喜歡吃漢堡包嗎？		
nǐ xǐ huan chī líng shí ma 3) 你喜歡吃零食嗎？		
nǐ xǐ huan chī táng guǒ ma 4) 你喜歡吃糖果嗎？		
nǐ xǐ huan hē kě lè ma 5) 你喜歡喝可樂嗎？		
nǐ xǐ huan hē guǒ zhī ma 6) 你喜歡喝果汁嗎？		

10 Find the radical. Then say its meaning.

líng
1) 零 → 雨 rain

hàn
2) 漢 → ______

dòng
3) 動 → ______

cài
4) 菜 → ______

měi
5) 每 → ______

māo
6) 貓 → ______

11 Ask your partner the questions.

nǐ xǐ huan shén me yán sè
1) 你喜歡什麼顏色？

nǐ xǐ huan chī shén me shuǐ guǒ
2) 你喜歡吃什麼水果？

nǐ xǐ huan chī shén me shū cài
3) 你喜歡吃什麼蔬菜？

nǐ xǐ huan hē shén me
4) 你喜歡喝什麼？

12 Draw vegetables in the colour given. Colour in the pictures.

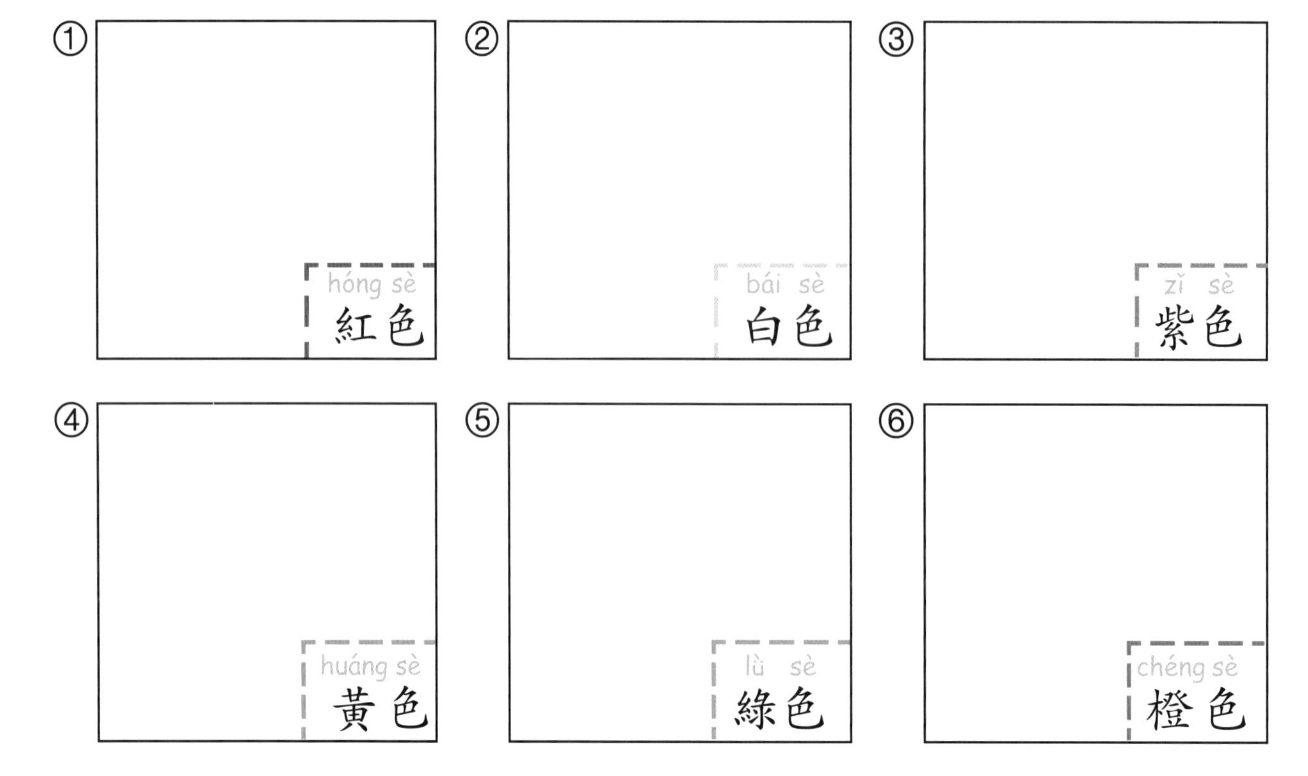

13 Read and match.

nǐ xǐ huan chī kuài cān ma 1) 你喜歡吃快餐嗎？	wǒ měi tiān dōu chī shuǐ guǒ a) 我每天都吃水果。
nǐ xǐ huan hē shén me 2) 你喜歡喝什麼？	guǒ zhī b) 果汁。
nǐ xǐ huan chī líng shí ma 3) 你喜歡吃零食嗎？	bù xǐ huan c) 不喜歡。
nǐ měi tiān dōu chī shuǐ guǒ ma 4) 你每天都吃水果嗎？	wǒ xǐ huan chī líng shí d) 我喜歡吃零食。

14 Game.

INSTRUCTIONS:

1. The class is divided into small groups.
2. Each group is asked to read the pinyin and tell the meaning of each word.

1) kě lè	2) guǒ zhī	3) huáng guā	4) kuài cān
5) rè gǒu	6) shū cài	7) shuǐ guǒ	8) chǒng wù
9) xiǎo yú	10) hēi sè	11) píng guǒ	12) táng guǒ

66

zhè shì wǒ de shū bāo wǒ de shū bāo
這是我的書包。我的書包
li yǒu shū běn zi hé wén jù hé wǒ de
裏有書、本子和文具盒。我的
wén jù hé li yǒu qiān bǐ cǎi sè bǐ hé chǐ
文具盒裏有鉛筆、彩色筆和尺
zi hái yǒu xiàng pí
子，還有橡皮。

New words: 67

1	書 shū	book	書包 shū bāo	school bag	
2	本 běn	book	本子 běn zi	notebook	
3	文 wén	a piece of writing			
4	具 jù	tool	文具 wén jù	stationery	
5	盒 hé	box; case	文具盒 wén jù hé	pencil case	
6	筆 bǐ	pen			
7	鉛 qiān	lead	鉛筆 qiān bǐ	pencil	
8	彩 cǎi	multicolour	彩色 cǎi sè	multicolour	
			彩色筆 cǎi sè bǐ	colour pencil	
9	尺 chǐ	ruler	尺子 chǐ zi	ruler	
10	還 hái	also; in addition			
11	橡 xiàng	rubber tree			
12	皮 pí	rubber	橡皮 xiàng pí	eraser	

1 Learn the pinyin. 68

2 Read aloud.

1)	cūn	cún	cǔn	cùn
2)	tūn	tún	tǔn	tùn
3)	yūn	yún	yǔn	yùn
4)	lūn	lún	lǔn	lùn
5)	xūn	xún	/	xùn
6)	sūn	/	sǔn	/

3 Say in Chinese.

① 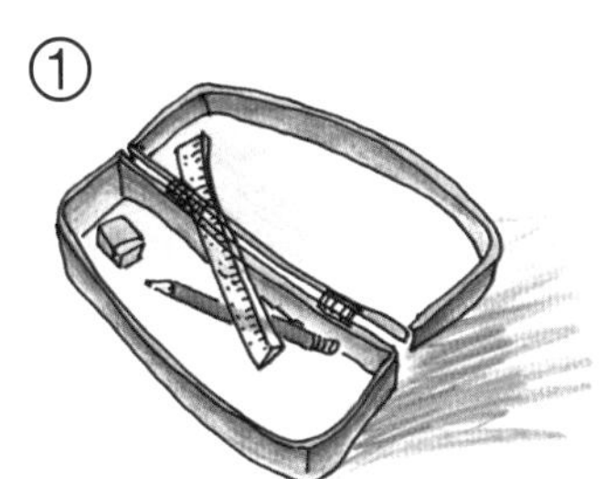

yí ge wén jù hé
一個文具盒

② 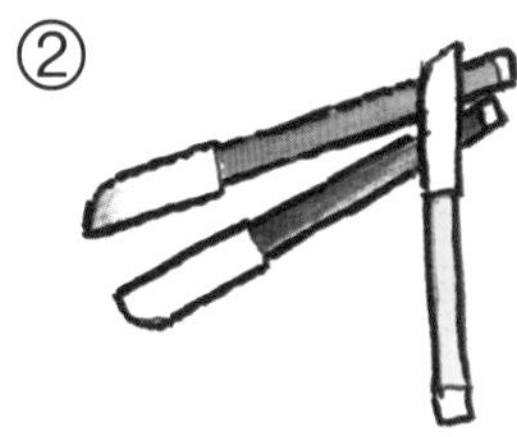

sān zhī cǎi sè bǐ
三支彩色筆

③ 

yì běn kè běn
一本課本

④ 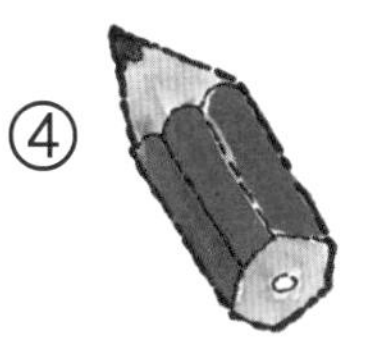

yì zhī qiān bǐ
一支鉛筆

⑤ 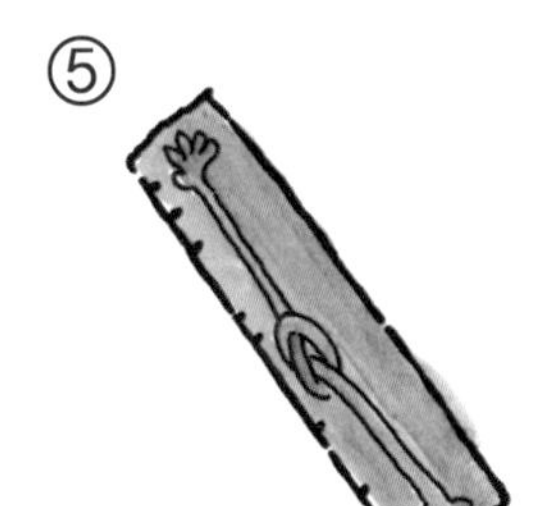

yì bǎ chǐ zi
一把尺子

⑥  

yí kuài xiàng pí
一塊橡皮

⑦ 

yí ge rì jì běn
一個日記本

⑧ 

yí ge liàn xí běn
一個練習本

⑨ 

yí ge gù tǐ jiāo
一個固體膠

⑩ 

yí ge juǎn bǐ dāo
一個捲筆刀

⑪ 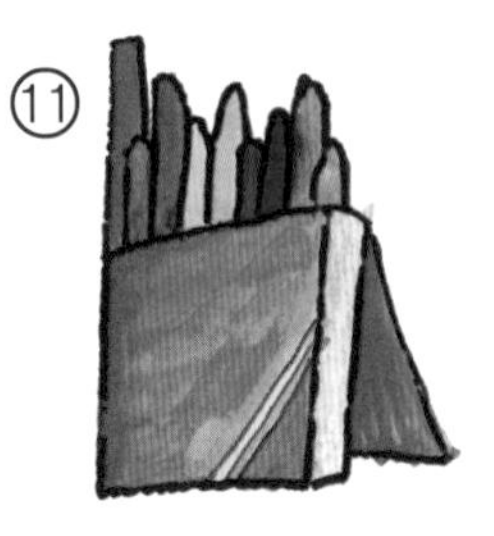

yì hé là bǐ
一盒蠟筆

⑫ 

yí ge běn zi
一個本子

⑬

yì bǎ jiǎn dāo
一把剪刀

⑭ 

yì běn shū
一本書

Extra words:

- ⓐ juǎn bǐ dāo 捲筆刀 pencil sharpener
- ⓑ rì jì běn 日記本 diary
- ⓒ liàn xí běn 練習本 exercise-book
- ⓓ kè běn 課本 textbook
- ⓔ là bǐ 蠟筆 crayon
- ⓕ jiǎn dāo 剪刀 scissors
- ⓖ gù tǐ jiāo 固體膠 glue stick

4 Learn the radicals.

① 金 metal

鉛

② ⺮(竹) bamboo

③ 皿 utensil

④ 彡 ornament

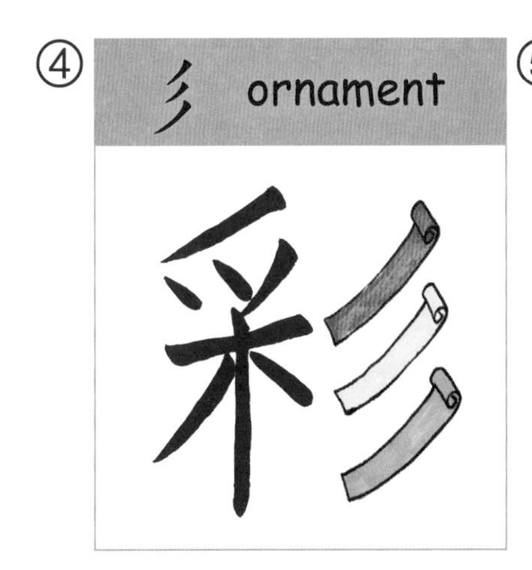

⑤ 尸 corpse

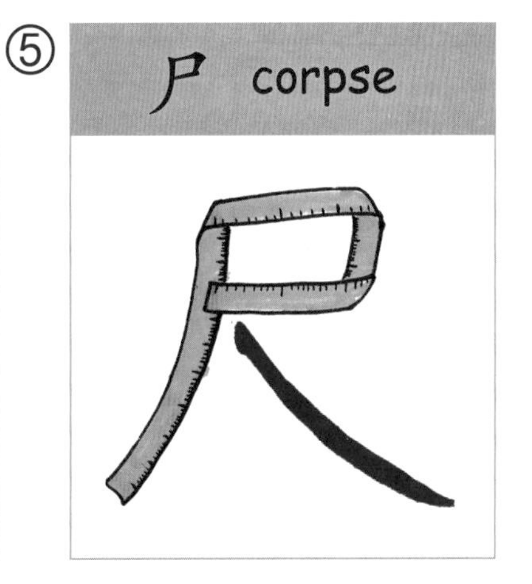

5 Find the radical and count the strokes of each character.

1) xiàng 橡 → 木 15

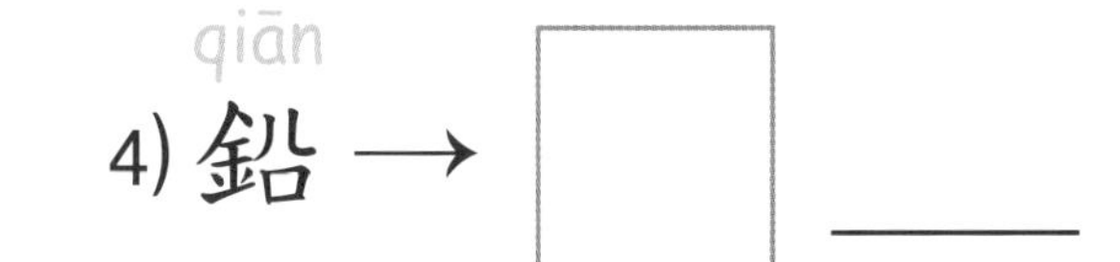

4) qiān 鉛 → ____ ____

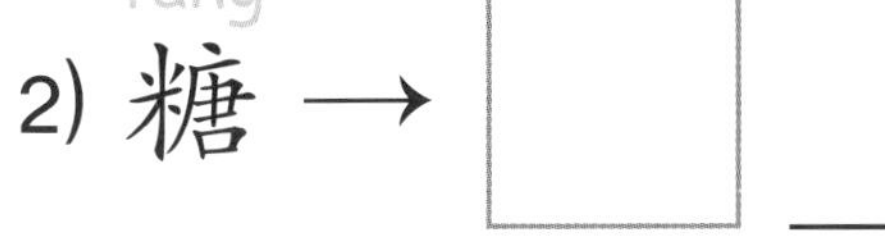

2) táng 糖 → ____ ____

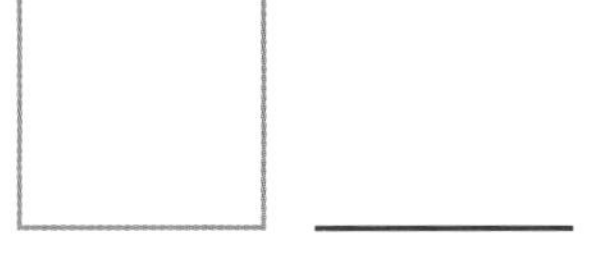

5) qún 裙 → ____ ____

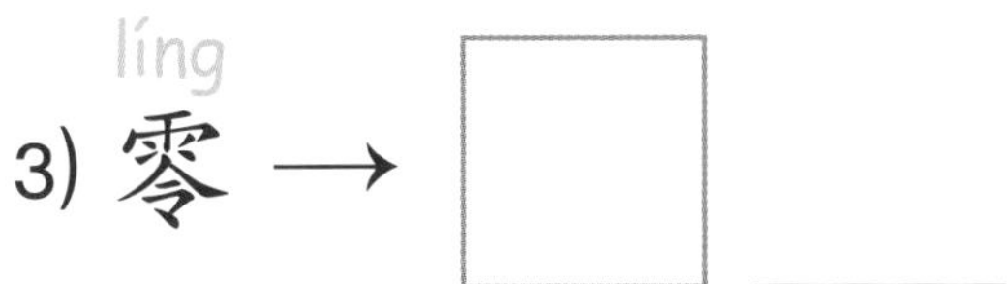

3) líng 零 → ____ ____

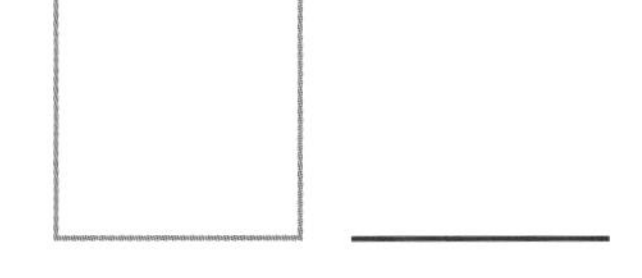

6) cài 菜 → ____ ____

6 Add one word to make a phrase. You may write pinyin.

1) 鉛(qiān) 筆	2) 書(shū) ____	3) 橡(xiàng) ____	4) 尺(chǐ) ____
5) 蘋(píng) ____	6) 果(guǒ) ____	7) 香(xiāng) ____	8) 黃(huáng) ____
9) 眼(yǎn) ____	10) 鼻(bí) ____	11) 嘴(zuǐ) ____	12) 頭(tóu) ____

7 Listen to the recording. Tick what is true and cross what is false. 69

①

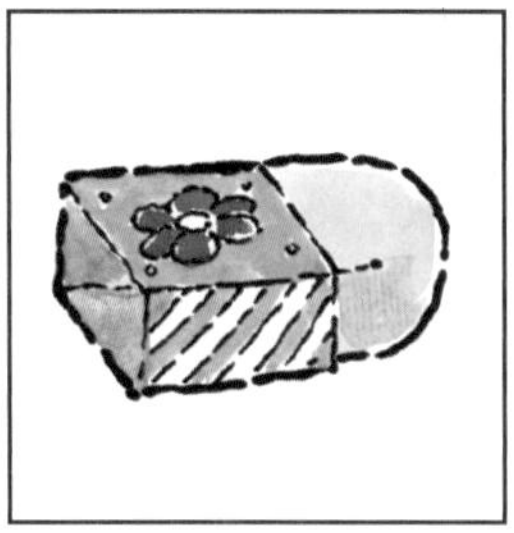

×

②

③

④

⑤

⑥

⑦

⑧

8 Colour in the pictures and write the names in Chinese.

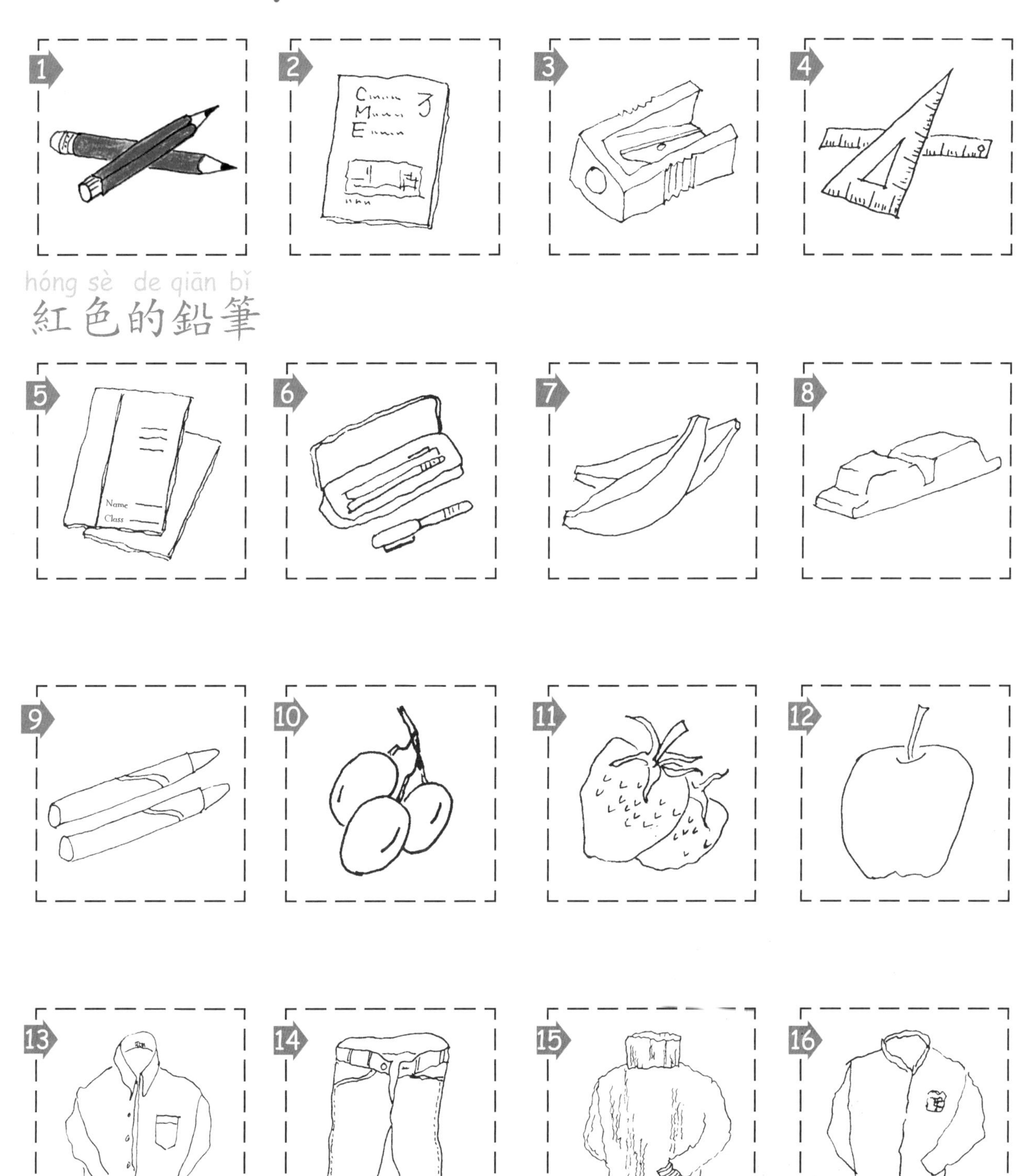

9 Look, read and match.

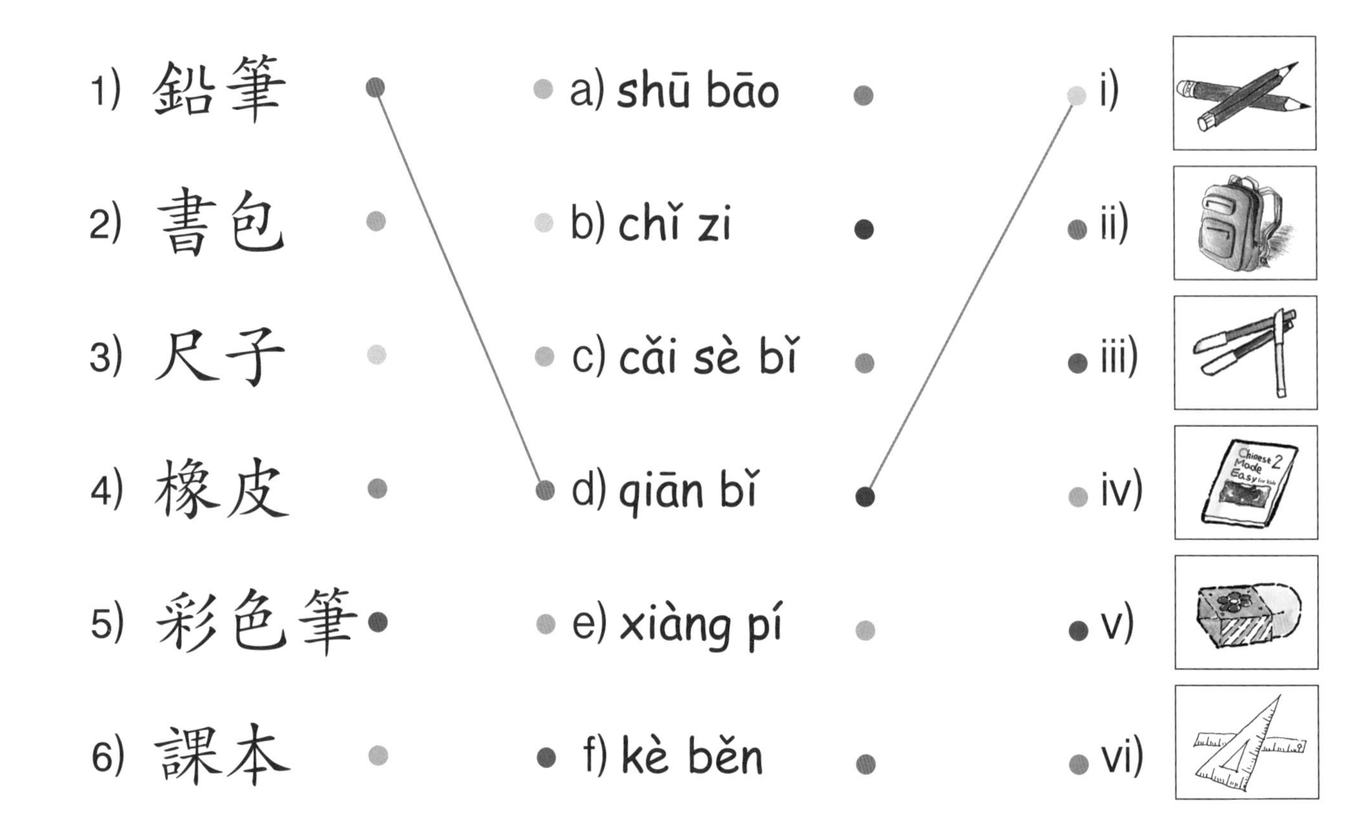

10 Listen, clap and practise. 70

shū bāo li yǒu wén jù hé
書包裏有文具盒。

wén jù hé li yǒu xiàng pí
文具盒裏有橡皮，

yǒu chǐ zi yǒu cǎi sè bǐ
有尺子，有彩色筆。

xiàng pí chǐ zi cǎi sè bǐ
橡皮、尺子、彩色筆。

11 Colour in the picture. Count the number of pencils.

IT IS YOUR TURN!

Draw a picture with pencils hidden. Ask your partner to colour in your picture and find how many pencils there are.

12 Ask your partner the questions.

nǐ de shū bāo li yǒu shén me
1) 你的書包裏有什麼？

nǐ de wén jù hé li yǒu shén me
2) 你的文具盒裏有什麼？

13 Read aloud the sentences. Then say the meaning of each sentence.

wǒ de / shū bāo li / méi yǒu / cǎi sè bǐ
1) 我的/書包裏/沒有/彩色筆。

wén jù hé li / yǒu / qiān bǐ / chǐ zi / hé / xiàng pí
2) 文具盒裏/有/鉛筆、/尺子/和/橡皮。

bà ba / bù xǐ huan / chī / kuài cān
3) 爸爸/不喜歡/吃/快餐。

dì di / hé / mèi mei / dōu xǐ huan / chī / táng guǒ
4) 弟弟/和/妹妹/都喜歡/吃/糖果。

wǒ / měi tiān / dōu / chī / shū cài / hé / shuǐ guǒ
5) 我/每天/都/吃/蔬菜/和/水果。

14 Game.

INSTRUCTIONS:

1. The whole class may join the game.
2. Student A picks up a card with a phrase on it. Student B uses the phrase to make a sentence.
3. Those who do not make a correct sentence are out of the game.

EXAMPLE:

xǐ huan　　wǒ xǐ huan chī píng guǒ
喜歡 → 我喜歡吃蘋果

15 Name the things and colours in the picture below.

IT IS YOUR TURN!

Draw a picture with all the things in the box. Colour in the picture.

Things to be included in the picture:

shū bāo 書包	xiàng pí 橡皮	chǐ zi 尺子	qiān bǐ 鉛筆
xiǎo gǒu 小狗	xiǎo māo 小貓	wén jù hé 文具盒	

16 Say the numbers in Chinese.

1) qī shí yī 七十一、qī shí èr 七十二、…………………… bā shí 八十

2) bā shí sān 八十三、bā shí sì 八十四、…………………… jiǔ shí 九十

zhè shì wǒ de jiā
這是我的家。

wǒ jiā yǒu liǎng jiān wò
我家有兩間臥

shì hái yǒu kè
室，還有客

tīng yù shì
廳、浴室、

chú fáng hé shū fáng
廚房和書房。

New words:

1. 有 (yǒu) there is/are
2. 兩 (liǎng) two
3. 間 (jiān) a measure word (used for rooms)
4. 卧 (wò) lie
5. 室 (shì) room　卧室 (wò shì) bedroom
6. 客 (kè) guest
7. 廳 (tīng) hall　客廳 (kè tīng) living room
8. 浴 (yù) bath
   浴室 (yù shì) bathroom
9. 廚 (chú) kitchen
10. 房 (fáng) room　廚房 (chú fáng) kitchen
    書房 (shū fáng) study room

1 Learn the pinyin. 73

2 Read aloud.

1)	chān	chán	chǎn	chàn
2)	fān	fán	fǎn	fàn
3)	gēn	gén	gěn	gèn
4)	shēn	shén	shěn	shèn
5)	pīn	pín	pǐn	pìn
6)	yīn	yín	yǐn	yìn

3 Listen, clap and practise. 74

wǒ jiā yǒu wò shì yǒu wò shì
我家有卧室，有卧室，

yǒu kè tīng yǒu yù shì
有客廳，有浴室。

wǒ jiā yǒu chú fáng yǒu chú fáng
我家有廚房，有廚房，

hái yǒu yì jiān dà shū fáng
還有一間大書房。

4 Listen to the recording and write the correct tones. 75

① zān	② wen	③ qin	④ chen
⑤ sen	⑥ ben	⑦ jin	⑧ min
⑨ fen	⑩ yan	⑪ kan	⑫ bin

5 Learn the radicals.

①
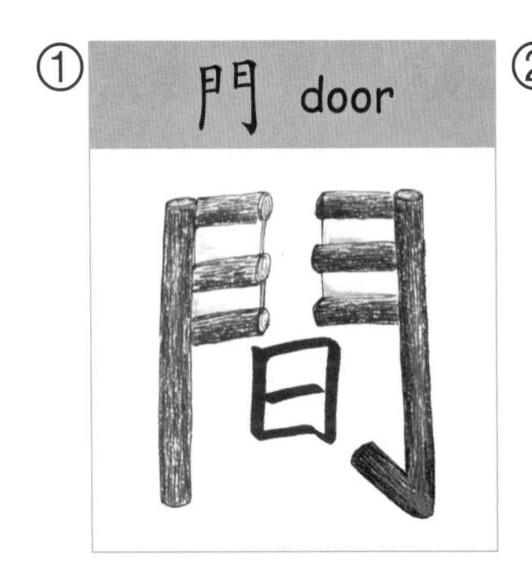

②

③
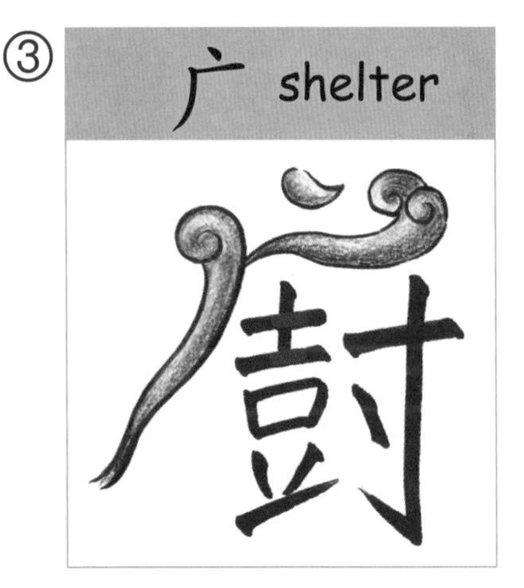

6 Game.

INSTRUCTIONS:

1 The class is divided into small groups.

2 Each group is given the same radicals below.

3 The students are asked to make one correct character using each radical.

4 The group that first completes the task wins.

a) 門 b) 宀 c) 氵 d) 金

e) 皿 f) 米 g) 目 h) 雨

i) 月 j) 木

7 Say the numbers in Chinese.

sān shí yī　sān shí èr　sān shí sān　wǔ shí

1) 三十一、三十二、三十三、⋯⋯⋯五十

bā shí wǔ　bā shí liù　bā shí qī　jiǔ shí jiǔ

2) 八十五、八十六、八十七、⋯⋯九十九

8 Say in Chinese.

Extra words:

cān tīng
ⓐ 餐廳 dining room

cè suǒ
ⓑ 廁所 toilet

yáng tái
ⓒ 陽台 balcony

huā yuán
ⓓ 花園 garden

IT IS YOUR TURN!

Draw your house/apartment and colour in your picture.

9 Say in Chinese.

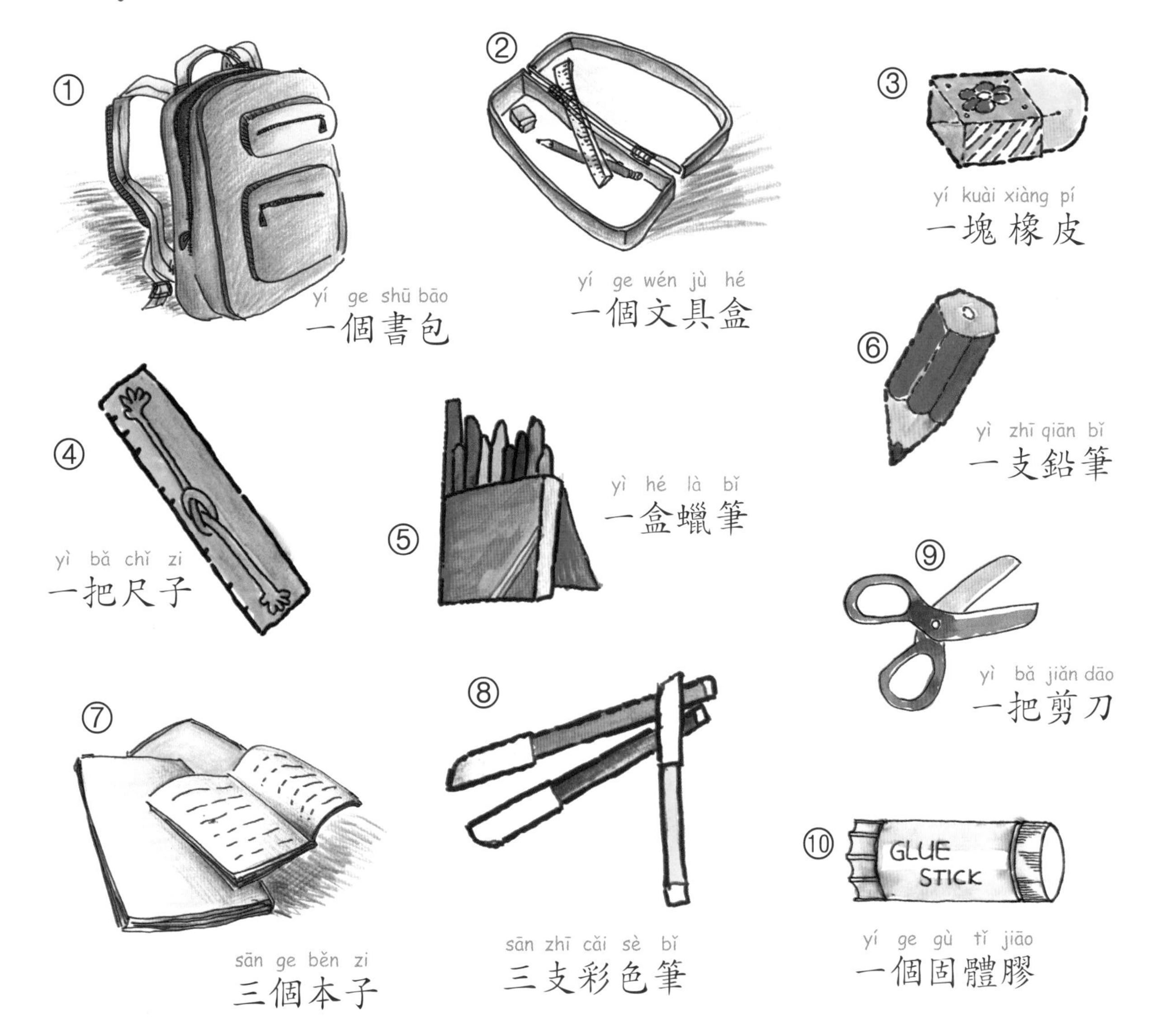

10 Read aloud the pinyin and say the meaning of each word.

1) yán sè	2) xiào fú	3) nán shēng	4) yǎn jing
5) chèn shān	6) tóu fa	7) dòng wù	8) shū cài
9) shuǐ guǒ	10) kuài cān	11) líng shí	12) guǒ zhī

11 Speaking practice.

1

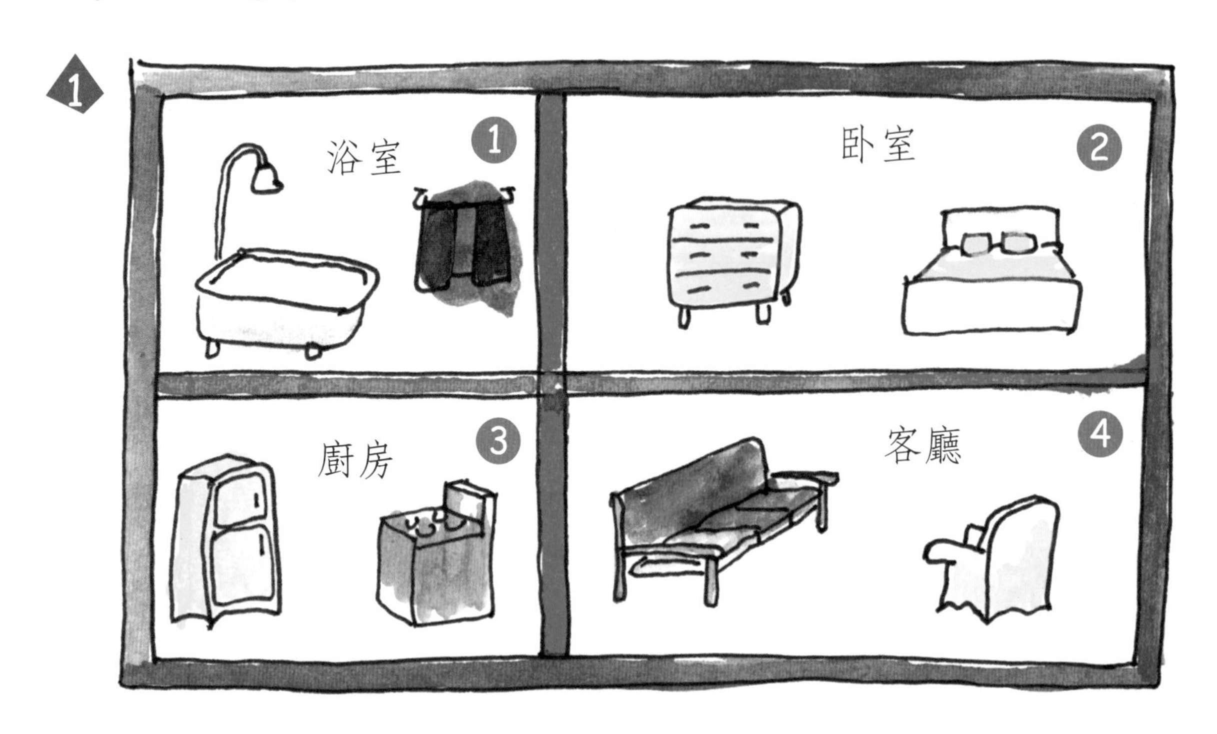

2

12 Ask your partner the questions.

nǐ jiào shén me míng zi nǐ jǐ suì
1) 你叫什麼名字？你幾歲？

nǐ jiā yǒu jǐ kǒu rén nǐ jiā yǒu shéi
2) 你家有幾口人？你家有誰？

nǐ jiā yǒu jǐ jiān wò shì nǐ de wò shì dà ma
3) 你家有幾間卧室？你的卧室大嗎？

nǐ xǐ huan shén me yán sè
4) 你喜歡什麼顏色？

nǐ jiā li yǎng chǒng wù ma
5) 你家裏養寵物嗎？

nǐ de shū bāo li yǒu shén me
6) 你的書包裏有什麼？

13 Game.

EXAMPLE:

lǎo shī　　lǎo hǔ
老師：老虎

xué shēng　　gǒu
學生1：狗

xué shēng　　yáng
學生2：羊

INSTRUCTIONS:

1 The whole class may join the game.

2 The teacher names one item of a particular category, and the students add more to it.

3 Those who add wrong item start the next turn.

14 Rearrange the word order to make sentences.

1) 兩間卧室 (liǎng jiān wò shì)　有 (yǒu)　我家 (wǒ jiā)　。

[ ]　[ ]　[1]

2) 有 (yǒu)　鉛筆 (qiān bǐ)　我 (wǒ)　和 (hé)　橡皮 (xiàng pí)　。

[ ]　[ ]　[ ]　[ ]　[ ]

3) 是 (shì)　爸爸的書房 (bà ba de shū fáng)　這 (zhè)　。

[ ]　[ ]　[ ]

15 Count the strokes of each character and find the radicals.

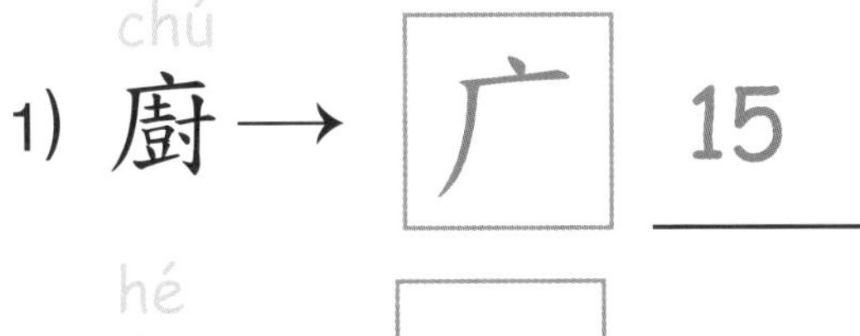

1) chú 廚 → 广 15

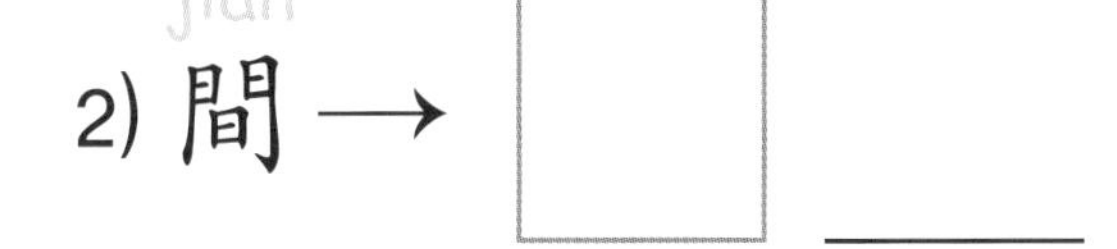

2) jiān 間 → ______

3) hé 盒 → ______

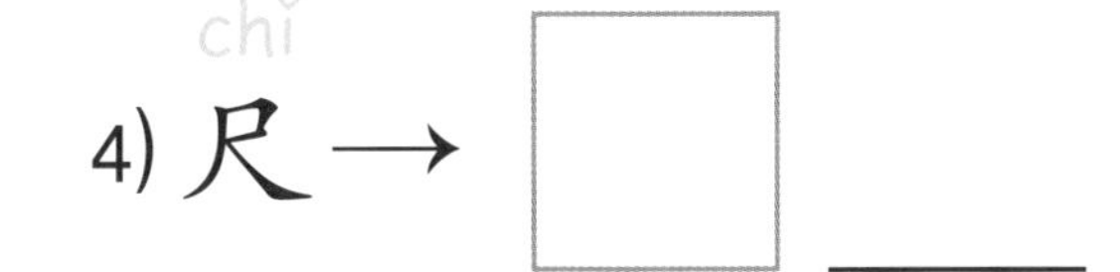

4) chǐ 尺 → ______

16 Game.

INSTRUCTIONS:

1. The class is divided into small groups.
2. Each group is asked to add one word to form a phrase. The students should write characters if they can, otherwise they can write in pinyin.

EXAMPLE: xiàng 橡 pí

1) wò 臥 ______
2) chǐ 尺 ______
3) kè 客 ______
4) tóu 頭 ______
5) shū 書 ______
6) qiān 鉛 ______
7) zuǐ 嘴 ______
8) kě 可 ______
9) guǒ 果 ______
10) dòng 動 ______
11) xiào 校 ______
12) wǒ 我 ______

76

zhè shì wǒ de fángjiān wǒ de
這是我的房間。我的
fángjiān li yǒu chuáng shū zhuō hé yǐ
房間裏有牀、書桌和椅
zi hái yǒu yī guì wǒ de fáng jiān li méi yǒu diàn
子，還有衣櫃。我的房間裏沒有電
nǎo yě méi yǒu diàn shì
腦，也沒有電視。

New words: 77

❶	間 jiān room	房間 fáng jiān room		
❷	牀 chuáng bed			
❸	衣 yī clothes			
❹	櫃 guì cupboard	衣櫃 yī guì wardrobe		
❺	桌 zhuō table; desk	書桌 shū zhuō desk		
❻	椅 yǐ chair	椅子 yǐ zi chair		
❼	電 diàn electricity			
❽	腦 nǎo brain	電腦 diàn nǎo computer		
❾	視 shì look	電視 diàn shì television		

1 Learn the pinyin. 78

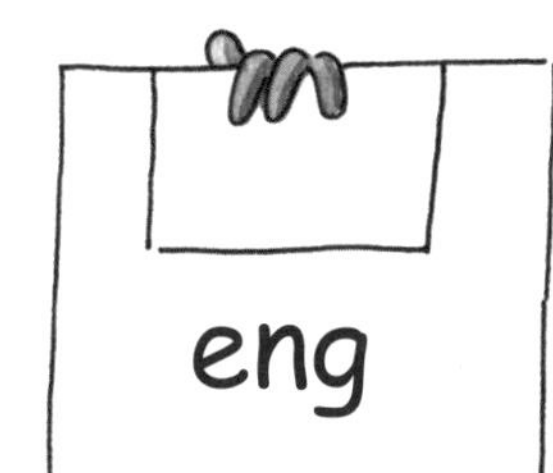

2 Read aloud.

1) chāng cháng chǎng chàng
2) mēng méng měng mèng
3) xīng xíng xǐng xìng
4) yōng yóng yǒng yòng
5) pēng péng pěng pèng
6) qīng qíng qǐng qìng

3 Listen, clap and practise. 79

wǒ de fángjiān dà　wǒ de fángjiān hǎo
我的房間大，我的房間好。

wǒ de fáng li yǒu diànnǎo
我的房裏有電腦，

yǒu mù chuáng　yǒu zhuō yǐ
有木牀，有桌椅，

hái yǒu yī guì hé diàn shì
還有衣櫃和電視。

4 Learn the radicals.

① 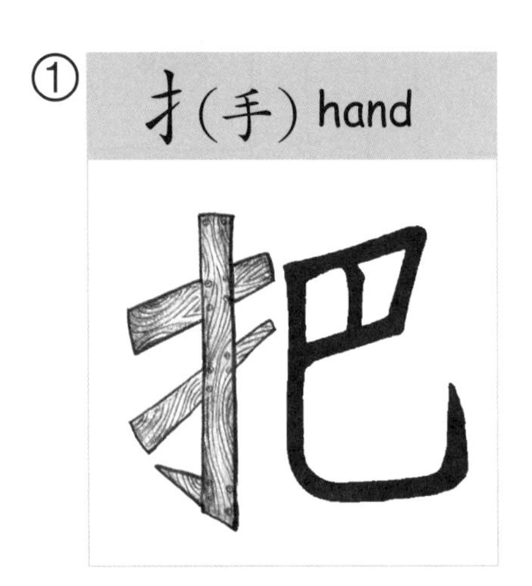

② 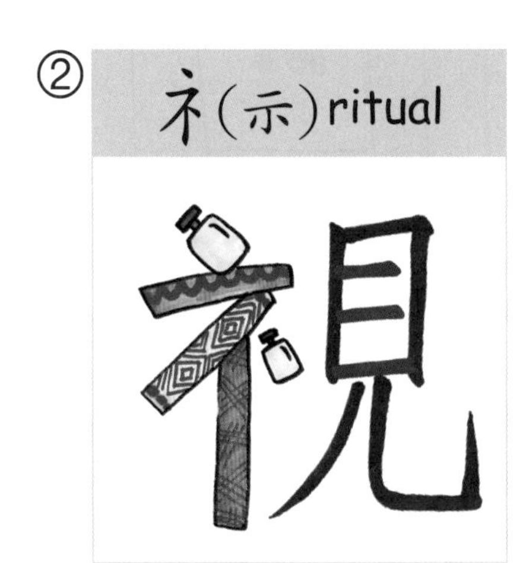

5 Add a pinyin to make a word.

1) chǐ zi	2) gē ____	3) yán ____	4) tóu ____
5) xiào ____	6) rè ____	7) xiǎo ____	8) xiàng ____
9) kě ____	10) shū ____	11) diàn ____	12) zuǐ ____

6 Say in Chinese.

1. yì bǎ yǐ zi
一把椅子

2. yì tái diàn shì
一台電視

3. yí ge chuáng tóu guì
一個牀頭櫃

4. yì zhāng shū zhuō
一張書桌

5. yí ge yī guì
一個衣櫃

6. yì tái diàn nǎo
一台電腦

7. yì tái kōng tiáo
一台空調

8. yí ge shā fā
一個沙發

9. yí ge shū jià
一個書架

10. yí ge tái dēng
一個台燈

11. yì zhāng chuáng
一張牀

Extra words:

a. shā fā 沙發 sofa
b. shū jià 書架 bookshelf
c. chuáng tóu guì 牀頭櫃 bedside cabinet
d. kōng tiáo 空調 air conditioner
e. tái dēng 台燈 desk lamp

7 Listen to the recording. Tick what is true and cross what is false. 80

1

2

3

4

8 Game.

INSTRUCTIONS:

1. The teacher prepares some cards with Chinese words on them.
2. Each student is given a card. The students take turns going up to the board to draw a picture of the word.
3. The rest of the class guesses what the picture is and says it in Chinese.

Words on the cards:

fáng jiān 房間	diàn nǎo 電腦	qiān bǐ 鉛筆
xiàng pí 橡皮	chǐ zi 尺子	diàn shì 電視
píng guǒ 蘋果	zuǐ ba 嘴巴	gǒu 狗

Card: mǎ 馬

A drawing on the board

9 Say the numbers according to the patterns.

10 Draw pictures and colour them in.

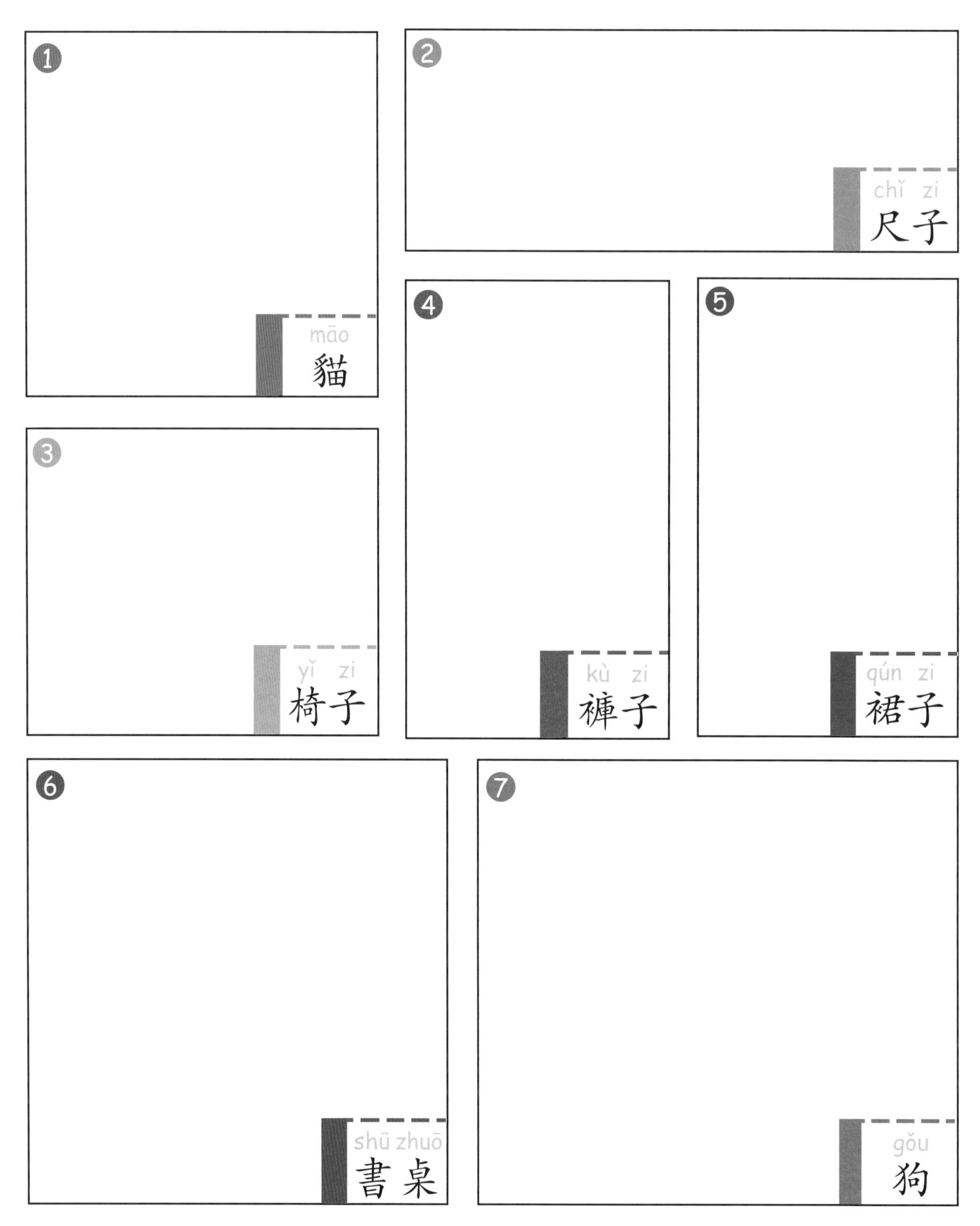

11 Game.

INSTRUCTIONS:

1 The class is divided into small groups.

2 Each group is asked to write radicals. The group writing more radicals than any other groups in the shortest period of time wins the game.

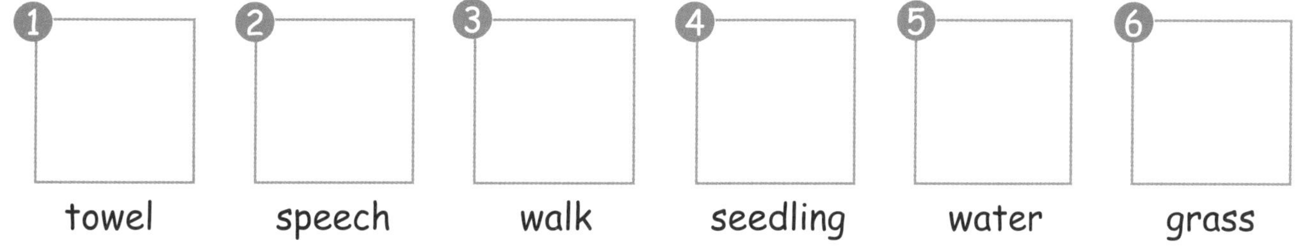

12 Describe the picture in Chinese.

13 Draw pictures and tell the class what you have drawn.